COLLECTION FOLIO

David Abiker

Le musée de l'homme

Le fabuleux déclin de l'empire masculin

Édition revue et augmentée

Gallimard

David Abiker est cadre sup'. Par ailleurs, il est chroniqueur pour France 5, France Inter, et le magazine *Femme actuelle*.

Le musée de l'homme est le premier volet d'une trilogie burlesque sur notre époque.

À Eugénie et nos filles

PETITE REMARQUE :

« Un coup de soleil et de vent balaie la place du Trocadéro. Les pensées de Paul Valéry brillent en lettres d'or au fronton d'un palais républicain ; plus bas, trois mots claquent sur la pierre et m'offrent un titre : *Musée de l'Homme*. Je suis preneur ! Adjugé ! » Cette phrase n'est pas de moi, mais de François Nourissier qui a craqué pour le musée de l'Homme, il y a plus de vingt ans. Il en a fait le titre d'un superbe ouvrage publié pour la première fois chez Grasset en 1978. Comme François Nourissier, un jour d'errance en poussette, j'ai levé les yeux et moi aussi j'ai voulu ce titre pour mon livre. Mais je le jure, je n'ai pas copié !

Le monde a commencé sans l'homme et il s'achèvera sans lui.

CLAUDE LÉVI-STRAUSS

Bonne chance mon papa.

LOUIS SARKOZY

AVERTISSEMENT

Il y a trente ans exactement, le chanteur moustachu Jean Ferrat déclarait avec Aragon que la femme était l'avenir de l'homme. Dans l'avant-dernière strophe de cette chanson créée en 1975, l'année même de la mise en œuvre effective de la loi Veil sur l'interruption volontaire de grossesse, on trouve ces quelques mots :

> « *Il faudra réapprendre à vivre*
> *Ensemble écrire un nouveau livre*
> *Redécouvrir tous les possibles*
> *Chaque chose enfin partagée*
> *Tout dans le couple va changer*
> *D'une manière irréversible* »

En promettant un avenir féminin aux hommes, le poète qui a toujours raison ne croyait pas si bien dire : non seulement la femme est devenue l'avenir de l'homme. Mais l'homme est, quant à lui, devenu le passé de l'humanité. Je dirais même un passé très imparfait.

J'ai décidé de donner raison à la prophétie du chanteur qui annonce, en deuxième ligne, l'écriture d'un « nouveau livre ». Ce livre, j'ai pris le risque de l'écrire.

À ma façon.

Et avec l'autorisation de ma femme.

Au commencement était le mouche-bébé

Comme Archimède qui découvrit la célèbre poussée dans son bain ou Isaac Newton qui comprit les lois de la gravité en prenant une pomme sur la poire, j'ai eu l'intuition que j'allais disparaître à la suite d'un événement apparemment anodin. Un petit bruit en fait.

J'étais avec mes deux filles dans un jardin public de la Ville de Paris. Assis sur un banc, j'étais plongé dans la lecture de *Ce qu'il faut penser aujourd'hui*. Je lisais un papier assez intéressant sur l'épilation des mollets chez les cyclistes et je prévoyais de poursuivre avec les mots fléchés.

Physiquement, j'étais au top. J'avais fixé sur le ventre le Beauty Fly, un patch d'électrostimulation amaigrissant commandé par téléachat[1]. J'étais bourré de vitamines et de farines protéinées, et je

1. Il aide à maintenir mon ventre plat tout en me relaxant. Facile à utiliser, il se colle sur la peau aux endroits choisis. Beauty Fly a un effet massant et aide à stimuler la circulation sanguine.

suçotais la pastille de Cialis que ma femme avait glissée dans l'étui de mon moignon mobile, pour que je ne l'oublie pas.

Ma femme pense à tout.

J'étais comme ça, tranquille sur mon banc, à lire tout en surveillant ma grande du coin de l'œil. Je portais des chaussures Mephisto dont l'une bloquait le marchepied de la poussette-canne où roupillait ma dernière. Je cale toujours la poussette avec un pied car, comme toute la société occidentale, je crains désormais les enlèvements d'enfants plus que tout le reste.

C'était donc un samedi normal en ce qui me concerne quand, sur le banc d'à côté, j'ai entendu le bruit de succion sans lequel je n'aurais jamais diagnostiqué la disparition de mon espèce.

— Schlurchwish !

C'est exactement ça, autant que je puisse m'en souvenir, ça a fait « schlurchwish ». En vérité, cela fit le même bruit que les concours que j'organisais lorsque j'étais président du « Club de ceux qui mangent la crème dessert comme la soupe ». Nous étions trois bacheliers, nous avions dix-huit ans et nous la mangions comme on lape le potage. Et ça faisait « schlurchwish ».

Cette déflagration qui semblait venir de ma droite marquait la fin d'une conversation entre un homme et une femme. Il s'agissait, à n'en pas douter, des parents du jeune enfant qui hurlait à quelques mètres de ma cadette assoupie. Lui aussi était sanglé de près dans sa poussette. Le pauvre souffrait vraisemblablement de bronchiolite, le nouveau mal du siècle. Une morve épaisse et verte s'échappait de ses petites narines qu'on ne distinguait plus derrière le débit impressionnant de ses écoulements. Les choses auraient pu en rester là et mes mots fléchés révéler tranquillement leur mystère, si la scène qui suivit ne devait pas bouleverser ma perception de l'existence et de la finitude de l'homme.

— Tu attends quoi pour moucher ton fils ?

À ces mots prononcés sèchement par sa femme, je vis le mari, un type d'une trentaine d'années, en bermuda et chaussures de bateau, interrompre la manipulation de son moignon cellulaire et ouvrir un sac bleu marine molletonné. Il en sortit un objet que je commençai par prendre pour un pénis-développeur. Mais l'objet retiré du sac molletonné était bien plus petit. Pour le coup, quelle aurait pu être l'utilité d'un tel objet dans un jardin public lorsqu'on sait que toute forme d'activité sexuelle y est désormais sévèrement réprimée ?

Le môme en avait maintenant aussi épais qu'une Danette à la pistache. Ses hurlements avaient alerté le gardien du square qui s'approchait en crabe, appliquant à la lettre le principe de précaution. Reportant mon attention sur le mari et son bermuda, je le vis prendre en bouche le bec de son appareil à tuyauterie translucide et en fourrer l'extrémité dans la narine gauche du petit morveux. La main posée sur le front de son fils, il inspira profondément et démarra la vidange du petit nez sous la surveillance de sa femme qui avait renoncé à poursuivre la lecture d'*Executive* Women. Malheureusement, le produit de la collecte et la maladresse du père provoquèrent chez le jeune supplicié le redoublement des cris et l'inquiétude de la mère exaspérée. Le contenu du bermuda devait en faire immédiatement les frais.

— Mais aspire plus fort, bon sang, tu ne vois pas que son nez est totalement obstrué, qu'il ne respire plus ?

Le type commençait à ressembler à un Dizzy Gillespie dopé aux stéroïdes et à la cortisone. Rouge et gonflé, il tentait d'aspirer l'onctueux limon qui refusait obstinément d'envahir le réservoir du débouche-pif.

C'est au deuxième « schlurchwish » que j'ai compris.

La parité n'existait pas ; elle existait dans nos rêves, nos combats. Mais sur le terrain, autre chose était en marche, quelque chose de bien plus révolutionnaire. Même si moi, je n'avais pas encore fait aspire-morve dans un jardin public, ça finirait bien par m'arriver sur une table à langer ou dans le Carré Famille d'un wagon SNCF. Je savais qu'un jour ou l'autre je finirais bien par avoir le mien ; qu'il me faudrait m'entraîner avec un pot de Yop ou un bulot.

C'était inéluctable. Ce que l'on appelait « parité » en s'imaginant qu'on avait découvert l'Amérique n'était qu'un modeste préalable, un apéritif de rien du tout, un zakouski.

Nous étions, mes congénères et moi, dans une phase de transition. Les femmes avaient déjà gagné la bataille des valeurs. La société carburait à la paix, à l'amour, à l'écoute, à la douceur, à toutes ces bonnes choses qui font de nos contrées des oasis où l'on se porte mieux qu'ailleurs. Mais l'État providence et la société maternante exigeaient de nous autres qu'on apprenne rapidement à faire fonctionner le mouche-bébé. Pour nous aider, de nouveaux magazines étaient venus prêter main-forte à la presse féminine. Les hommes y apprenaient comment *lui* parler, *le* nourrir, *l'*habiller, *le* moucher et *le* changer. On y trouverait bientôt des manuels d'allaitement artificiel plus vrais que nature.

Trouver sa place dans un monde en mutation ne serait pas simple. L'homme développerait des névroses nouvelles, serait plus sensible, son épiderme deviendrait plus doux et la femme finirait bien par lui prêter son rasoir jetable. C'était une phase de transition un peu déstabilisante mais nécessaire.

Du reste, on n'avait pas le choix : elles étaient partout, plus intelligentes, plus actives, plus résistantes, plus entreprenantes. Là où les droits étaient piétinés, on les trouvait qui défendaient le veuf, l'orpheline et la victime : ministres, responsables associatives, leadeuses en tout genre. Les années 80 les avaient vues réussir « l'amalgame de l'autorité et du charme[1] ». Le XXIe siècle serait celui de leur triomphe avec un taux prévisionnel de chômage masculin deux fois supérieur au leur. Les hommes pouvaient se rassurer, ils n'étaient pas seuls sur terre : l'hippocampe mâle portait bien les œufs de la femelle depuis la nuit des temps et la bonellie verte[2] entretenait dans sa chair un compagnon parasite et minuscule.

Le modèle qu'avaient connu nos pères et nos

1. Michel Sardou, chanteur de variétés.

2. La bonellie verte est un ver marin (classe des échuriens) au remarquable dimorphisme sexuel. Il faut deux ans à la bonellie pour devenir adulte et acquérir une taille d'un mètre, alors que le mâle ne dépassera pas les quelques millimètres. En volume, le mâle est deux cent mille fois plus petit. En fait, c'est une larve qui se masculinise en s'approchant et s'accolant à la femelle. Son avenir est d'être aspiré par la trompe de la femelle et d'être placé dans son androcée lui permettant de féconder les œufs qu'il verra passer. Elle est pas belle la vie ?

grands-pères allait disparaître. Leurs fils et petits-fils formeraient le syndic de faillite d'une espèce qui avait vécu et bien vécu. Nous serions des millions à enterrer nos vies de garçon. Qu'importe car notre sacrifice permettrait de bâtir la société postparitaire dont nous rêvions toutes.

Tous, je veux dire.

Enceints

Pour la dernière, je l'avais appris par un coup de fil matinal de ma femme.

— Coucou, le test est positif.

Ça y est, nous étions enceints.

Quel choc !

Pardon, que c'est chic ! Bien sûr que j'étais content ! C'était en 1999, le jour de mes trente ans et de mon anniversaire. Ça ne pouvait pas mieux tomber. D'ailleurs, nous les hommes, nous avons autant envie d'enfants que les femmes. La preuve : un sondage récent a révélé que vingt-cinq pour cent des hommes voudraient pouvoir mettre bas.

Cela dit, il faut juste un peu de temps pour faire entrer le paramètre « descendance » dans son petit logiciel personnel et télécharger de nouvelles certitudes. Généralement, ça commence par des choses profondes, genre…

1) J'ai enfin trouvé le sens de l'existence.

2) J'ai effectivement épousé la mère de mes enfants.

3) Je vais avoir un sujet de conversation supplémentaire à la cantine.

4) À moi le potentiel séduction de l'homme marié avec enfant, vous savez le type qui a du charme mais auquel les nanas ne touchent pas parce qu'elles ne touchent pas aux mecs mariés.

5) Enfin, mais je ne le sais pas encore, il y a chez un concessionnaire de la ville, bien rangé au fond d'un entrepôt, un monospace gris métallisé avec les barres de galerie noires (plus sport) qui m'attend muni de ses six airbags et de son siège bébé offert par le réseau. Mais ça, c'est pour dans deux ans : un an pour faire l'enfant, un an de plus pour se résoudre à l'installer dans une caisse qui ressemble à un œuf d'autruche.

Pendant que je médite sur mes nouvelles responsabilités et sur l'hypothèse de rouler en œuf d'autruche, six semaines ont passé.

Notre grossesse est géniale.

Ma femme s'est transformée en sosie mammaire de Pamela Anderson. Les nausées, c'est une légende mais les gros seins, c'est pas un conte pour enfants. C'est le feu d'artifice libidinal. *Alerte à Malibu* tous les soirs dans le lit conjugal. C'est une furie. En plus, elle a pris des hanches. Futur père ou hardeur même combat. Non seulement elle est la mère de mon enfant, mais en plus elle est bonne avec ses grands yeux mouillés, ses joues roses et ses bonnets C.

Ça c'est jusqu'au troisième mois.

Après, nous sommes enceints pour de bon.

Et de tous les cadeaux que Mai 68 nous a faits, le partage paritaire (ou presque) de la grossesse est tout de même un marché de dupes. D'un côté, elles nous expliquent qu'on y a passé cinq minutes douche comprise alors qu'elles, c'est neuf mois de boulot. De l'autre côté, il faut que l'on sache qu'un enfant, ça se fait et ça s'élève à deux. Du coup, à elles la gloire et à nous les corvées. Ça se traduit concrètement par une nouvelle activité : le portage.

Porter tout, n'importe quand.

Porter des packs d'eau, porter des cartons à la cave, porter le panier, porter le ficus pour le mettre ici ou là selon son humeur, porter les meubles, les étagères ; porter, toujours porter.

Cette nuit, on a parlé tout haut dans notre sommeil.

— Tu veux bien porter l'appartement, elle m'a dit.

— Trop lourd, et puis il faudrait que j'aille sur le palier, suis tout nu, veux pas.

— T'es pas gentil, alors porte-moi du gâteau de riz au lit, j'ai faim.

S'il y a ce qu'on porte, il y a aussi ce qu'on supporte. Pour peu qu'une ou deux autres copines soient dans le même état et on n'échappe pas aux détails les plus ignobles des grossesses concurrentes, façon légendes urbaines. Au programme, les maladies prénatales graves et les monstres mort-nés. Morceaux choisis :

— J'ai une amie, son fœtus avait une hernie plus grosse que la tête ! Ensuite, ils se sont aperçus que c'était une poche d'eau avec du liquide amniotique. Heureusement, au neuvième mois tout est rentré dans l'ordre.

Ça c'est Cléophente, une aristocrate vendéenne qui vient d'accoucher d'un yeti de quatre kilos huit. Un monstre comme son père, effectivement.

— À la deuxième échographie, son médecin a vu que la nuque était un peu épaisse. Elle avait eu un arrière-grand-oncle trisomique, j'te dis pas, elle a pleuré jusqu'à la fin de la grossesse et finalement elle a accouché au huitième mois sans problème : il avait juste deux orteils palmés.

Ça, c'est ma femme qui parle.

— Elle a accouché seule comme une chienne, tu sais où il était, lui ? Non mais tu sais où ? Cet enfoiré, il était avec des clients japonais au Salon de l'auto. Je peux te dire qu'elle lui a pas pardonné. Remarque, il lui a offert un caillou gros comme un prématuré pour la naissance de la deuxième.

Ça, c'est Vanessa, une juive américaine diplômée de l'Insead et qui a le même coach que ma femme.

Quand on les entend, c'est à croire qu'elles ont toutes fait de la figuration dans *La Nuit des morts vivants* ou *Césarienne à la tronçonneuse*. Bien entendu, celles qui ont eu un vrai pépin ne disent rien. De toute façon, elles sont pas invitées.

En congrès, comme ça, elles peuvent tenir jusqu'à sept heures d'affilée. Le sujet ? Les pathologies les plus originales, l'accouchement le plus sanglant ou le recrutement de la nounou idéale[1]. Si elles traitent de ces sujets à voix haute, pour certains autres, elles baissent d'un ton et s'enferment éventuellement dans la salle de bains.

Je pense à la thématique de l'obstétricien, ce nouveau demi-dieu aux tarifs non conventionnés.

Avec Brad Pitt, les obstétriciens sont les derniers hommes en mesure de les impressionner. Comment font-ils pour les emballer ? Je sais pas. Leurs livres écrits avec, au choix, les pieds ou un spéculum trempé dans l'encre Waterman se vendent comme des petits pots. Ces types ont un truc. Pourtant, ils se contentent de les recevoir,

1. Idéalement : normalienne, puéricultrice et trilingue.

de les faire se déshabiller et de sortir la formule qui les chavire…

— Mais tout ça m'a l'air splendide… à vue de nez.

À ce moment-là, elles respirent de nouveau, leurs joues s'empourprent et elles tombent amoureuses d'un individu qui facture cent euros les vingt minutes.

D'ailleurs, à quoi reconnaît-on que sa femme est tombée amoureuse de son obstétricien ?

C'est assez simple. Un matin, au petit déjeuner, elle vous sort *abrupto* que les primes d'assurance de ces oracles modernes sont passées de neuf mille cent cinquante-six euros à quinze mille euros par an.

— Tu te rends compte ? Les compagnies ne veulent plus les assurer pour leur responsabilité civile professionnelle ! Résultat, ils seront bientôt en voie de disparition ou quitteront la France pour s'installer en Australie ! C'est SCAN-DALEUX ! s'ulcère ma femme entre deux tartines.

Je ne l'ai jamais vue dans un tel état de révolte sociale.

Heureusement, pour tenir, je me suis mis au sport.

Tous les samedis, j'ai piscine.

Pour apprendre à respirer. Je croyais savoir respirer, ben non, j'savais pas. Me voilà donc frissonnant dans le petit bain d'une piscine municipale qui sent le chlore et les pieds. Je suis bien entendu à mon avantage, coiffé d'un bonnet de caoutchouc écru et moulé dans un slip de bain vintage bleu EDF. Une monitrice qui n'a jamais eu d'enfants mais qui mange bio m'ordonne de souffler dans l'oreille de ma femme, tout en faisant le poulpe avec les pieds. Il paraît que ça aide le jour venu. Autour de moi, il y a d'autres malheureux frissonnants qui ont fait le déplacement. Un sur deux, parmi les plus faibles de l'espèce, reviendra dans un an pour les bébés nageurs.

Je pense à John Wayne dans *Fort Alamo*.

Ce ridicule n'est rien en comparaison des séances d'haptonomie auxquelles on m'a inscrit d'office le samedi après-midi. Saint Louis guérissait des écrouelles par l'imposition des mains ? Eh bien, il me faut communiquer avec mon héritier en baladant mes paluches sur le bidon de sa mère. Miracle, cris, larmes. « Chéri, chéri, il a bougé, tu as vu, il te dit qu'il t'aime avec le pied. » Formidable, merci docteur. Cent euros, ça fait quand même cher du coup de pied.

Le samedi suivant, direction l'étage livres de la Fnac au rayon puériculture. La dame en brushing en quatrième de couv', sur le gros livre, c'est Edwige Antier, la pédiatre star qui a écrit *J'élève mon enfant*. Attention, cette femme a pris le contrôle des foyers français depuis la mort de Françoise Dolto.

Personnellement, j'ai capitulé dès la naissance de la grande.

Ça m'a évité des combats d'arrière-garde, de nombreuses disputes et des confusions hâtives entre bouton de fièvre et choléra. Côté littérature, ce n'est pas fini : *Le Grand Dictionnaire des prénoms originaux* est devenu mon livre de chevet. Une centaine de patronymes à apprendre par cœur tous les soirs, c'est quand même mieux qu'un SAS. Cléonte, Panis, Trolien, Culbuto, Albator, Isidorine... J'ignore encore qu'en faisant l'original mon enfant aura le même prénom que toute sa classe.

Tandis que j'entame la page trois du *Guide du jeune père* offert par ma belle-mère, la future maman a les jambes qui gonflent et il faut la masser. Eh oui... Pamela Anderson est retournée à Malibu. Je partage désormais mon bungalow avec un sosie de Maïté.

Jeune.

Elle a pris vingt kilos, moi cinq (je ne comprends pas pourquoi).

Tout cela est loin, mais je me souviens aussi que l'année de cette naissance elle n'a pas fait les soldes. Ça a été dramatique. On ne sortait plus. On mangeait du chocolat devant la télévision.

Un soir, le téléphone sonne. Quatre de mes amis emmenés par René ont décidé de sortir entre hommes.

— Allez, viens… me dit René dans le combiné.

— Non, je peux pas la laisser seule comme ça…

— Allez, viens, quoi… de toute façon, elle va se coucher à neuf heures et demie, minaude encore le combiné.

— Je peux pas, je te dis…

L'oreille qui traîne, elle a compris.

— Tu n'as qu'à sortir, je vais regarder *Thalassa*.

Quel homme digne de ce nom pourrait laisser une femme enceinte devant *Thalassa* sans véritablement se transformer en monstre ? Devant son regard mouillé d'épagneul breton abandonné sur la plage un soir de marée noire, je ne peux que prendre conscience de mes devoirs. Non je ne suis pas un monstre, oui je suis un être humain. Je raccroche le combiné. Je la prends dans mes bras après avoir renversé son mug de tisane antiflatulence sur le canapé. Dehors, la neige a recouvert le parking de son beau tapis blanc tandis que Didier et les autres se prennent la cuite de leur vie au *New Mocambo*.

C'est la fin d'une époque.

— J'en ai ras le bol ! elle me dit un matin.

— Comme je te comprends, je lui réponds.

On est parfaitement en phase.

Solidaire, j'ai pris douze kilos.

Le grand jour est arrivé. Dans *Le Guide du jeune père*, tout est expliqué. Caméscope pour reportage en salle de travail, liste de numéros de téléphone pour prévenir la France entière, papiers pour la mairie. Je suis déguisé en sac-poubelle stérile, tout vert et tout pâle.

Complications, on doit lui ouvrir le ventre avec une sorte de couteau pour sortir l'enfant. Ça me laisse le choix entre ne rien voir et lui tenir la main ou ne rien voir et me remettre à fumer. Elle choisit pour moi la deuxième solution. Elle me connaît bien, normal c'est la femme de ma vie. J'échappe donc au caméscope, au sac-poubelle et à tout le reste.

Pour moi, l'accouchement ce sera à l'ancienne, dans un couloir, à me faire engueuler par les sages-femmes parce que je passe des coups de fil. Ça me rappelle vaguement un film en noir et blanc avec Alain Delon dans le rôle du jeune père. Je compte les minutes, appelle les copains et bois du café.

J'aime attendre.

Ne pas savoir.

Être un ignorant.

Je ne supporte plus la transparence.

Cette manière de tout savoir des enfants avant qu'ils naissent.

J'aimerais qu'on en revienne au secret. Au sacré.

J'aimerais bien qu'on arrête de nous mettre le nez dans le vagin de nos femmes sous prétexte qu'il en sort un bébé qui a remplacé Dieu. On n'est pas des sangliers à débusquer les glands.

Neuf heures quarante.

Neuf heures quarante-cinq.

J'aimerais tant qu'on arrête le business des pèse-bébés, des lingettes et qu'on taxe deux fois plus les obstétriciens.

J'aimerais perdre dix kilos.

J'aimerais qu'on interdise les revues pour jeunes parents.

Dix heures vingt-cinq.

Il fut un temps où se déguiser en père-aide-soignant-réalisateur de films paramédicaux était facultatif.

Dix heures trente.

Je perds la boule, propos incohérents sur les sociétés traditionnelles patriarcales, la société postmoderne matriarcale et le vagin artificiel des androgynes. Je questionne ma conscience sur les sièges en skaï orange de la banquette de la maternité. Pourquoi ne dit-on pas la paternité, si on veut vraiment que les pères s'impliquent ?

Suis mieux. Je me sens le maillon fort de la grande chaîne de la reproduction, celle qui transmet le flambeau et assure la survie de l'espèce. Après avoir lu tous les vieux *Gala* et *Voici* qui traînent en salle d'attente, j'ai une pensée attendrie et reconnaissante pour le Créateur qui m'a gratifié d'une semence de qualité.

Dix heures trente-cinq, avalé un cachet de Nubin[1] piqué dans une pharmacie laissée sans surveillance. Effets immédiats.

Je me sens des connexions avec l'humanité entière.

Dix heures quarante-deux.

Ne pas assister à l'accouchement ? Et si c'était l'occasion d'y penser vraiment, de se demander ce que ça veut dire d'être un nuage ?

Tandis que je songe à ma condition, la porte à battants se met à fondre pour laisser passer un humanoïde qui me propose des couverts et de la sauce piquante, je pense que c'est pour le type à côté de moi ; mais non, il est plus là.

1. Dérivé de morphine.

La chose violette qui couine sur le coussin vert, elle est pour moi ?

— Qu'il est beau ! je dis en pleurant.

— Ah non, fait le livreur… qu'elle est belle ! Chouette une pizza !

Hommage à Charles Ingalls

Au départ, je n'étais pas bricoleur.

Mais je m'y suis mis.

Grâce à mon beau-père.

Il craignait pour le confort de sa fille.

Alors, quand j'ai trouvé la caisse à outils rutilante au pied du sapin de Noël, j'ai d'abord pensé à une erreur. Une belle caisse compacte, avec ses tiroirs latéraux dépliants comme les ailes d'un vaisseau spatial, lourde comme un âne mort, rouge sang et bleu électrique, entièrement équipée. J'ai regardé mon beau-père, perplexe. « Si, si, c'est pour toi ; tu verras, tu en auras besoin », il a dit, avec son sourire tranquille.

Sept années ont passé et la prophétie de mon beau-père n'a cessé de se justifier : la caisse à outils a été le compagnon de route de ma vie conjugale et domestique.

Grâce à elle, chaque jour qui passe, j'ai le sentiment d'être un homme. Un vrai.

Stop.

Il est temps à ce stade du récit de saluer la mémoire de Charles Ingalls, le père de famille de *La Petite Maison dans la prairie*. J'ai toujours envié Charles Ingalls. Ses bras de chemise retroussés, son sourire rassurant (toujours le même, quelles que soient les scènes et la météo), ses bretelles en Y, ses caleçons longs et ce regard clair comme l'eau pure lorsqu'il lance à sa femme : « Bon ben, je vais aller réparer la barrière pour pas que les bêtes s'échappent. »

Charles Ingalls a passé sa vie à couper du bois, planter des clous dans n'importe quoi, réparer sa barrière, consolider le toit de sa maison et préserver sa parcelle de terrain des intempéries. Et, bizarrement, quand je change une ampoule, que je plante un clou, que je débouche les toilettes ou que je monte un meuble vendu par correspondance, je me sens l'héritier spirituel de Charles Ingalls. Je me sens également proche de Charles Ingalls parce que j'ai toujours eu la conviction que sa femme le trompait avec le père de cette petite salope de Nelly Olsen.

Le pharmacien cache bien son jeu.

Malgré la vie à la ville, la décoration jetable et les meubles qui se montent tout seuls, le bricolage me donne cette impression d'être un Charles Ingalls à ma façon. Le bricolage c'est d'ailleurs la dernière activité qui me distingue de ma femme. On travaille tous les deux, on cuisine tous les deux, on s'occupe des enfants tous les deux, j'ai autant de capitons que ma femme. Mais pour nous rappeler qu'il subsiste encore deux ou trois différences, il ne reste guère que mes longues stations hébété devant la télévision, le miroir de la salle de bains et… la caisse à outils offerte par mon beau-père.

Généralement, une séance de bricolage commence toujours comme ça : je suis confortablement vautré sur le canapé en train de lire *Éloge du repos* de Paul Morand. C'est ce moment-là qu'elle choisit pour traverser le salon avec un sous-verre bien trop lourd pour elle, celui qu'elle veut me faire accrocher depuis des mois. Elle a décidé que ce serait maintenant et pas dans un quart d'heure. Portant sa charge comme Jésus portait sa croix, elle a pris son air de termite dépressif.

Ça marche à tous les coups.

— Laisse, j'vais le faire… je barète excédé.

Pendant encore trente secondes, elle va faire mine de vouloir accrocher le sous-verre toute seule au risque de s'amputer d'un pied.

« Je me lève.
Je fais la gueule.
Je me dirige vers le placard.
Comme d'habitu-deeeeee. »

Ma caisse est là, au fond dans la pénombre, qui m'attend, luisante et métallique. Certains enfourchent une grosse cylindrée, d'autres marchent sur la plage le nez au vent et le ventre plat, d'autres font péter l'Amex Gold. Pas moi. Devant femme et filles réunies dans le salon et exceptionnellement silencieuses, j'ouvre ma caisse à outils, concentré comme un chirurgien avant une opération à cœur ouvert.

— Papa, tu vas faire quoi ?

— Tais-toi, papa se concentre !

La famille est sous haute tension… La petite ne doit pas s'approcher. La grande doit regarder pour apprendre. Et ma femme se place très provisoirement à ma disposition.

— Tu veux que je te tienne l'escabeau ? Tu veux t'hydrater avant ?

Je m'offre le luxe de ne pas répondre et monte lentement les marches de l'escabeau pour planter le crochet X qui permettra d'accrocher l'aquarelle achetée l'été dernier. J'apprécie particulièrement le regard anxieux de ma femme qui semble dire « Tu es si fort, Tarzan. » Je la sens faible, presque soumise. Dire que, dans le civil, elle dirige une équipe de cent vingt collaborateurs.

Le bricolage, on dira ce qu'on voudra, mais c'est d'la frime.

C'est aussi une affaire d'hommes.

Il suffit d'aller au *BHV* ou chez *Monsieur Bricolage* pour comprendre qu'on ne parcourt pas ces magasins de la même manière selon qu'on est un homme ou une femme. Il n'y a qu'un homme qui puisse passer une demi-heure dans la contemplation d'une vis platinée. Il n'y a qu'un homme pour faire copain-copain avec le type de la découpe. Il n'y a qu'un homme pour mater la vidéo de la colle One Second comme si c'était le dernier épisode de *24 Heures*.

— Tu es sûr que ça va aller, Maouh ?

— Je t'ai rien demandé pour l'instant, je rétorque.

Le bricolage me donne des ailes. Je me sens autorisé à être désagréable avec cette femme. On dirait un taliban glabre chez *Bricomarché*.

Au contraire, une femme entrée dans un magasin de bricolage n'a qu'une envie, c'est d'en sortir. L'ergonomie et la couleur camouflage d'une perceuse à percussion allemande ne retiennent pas son attention une seconde, et un ciseau à bois n'offre à ses yeux aucune différence avec un tournevis. En fait, les femmes n'ont qu'une idée très théorique de ce que signifie réellement le terme « construire ». Pour elles, construire, c'est surtout s'engager sérieusement dans une vie à deux... Pour les hommes, construire, c'est surtout réparer, trouver les bons outils et monter des étagères.

Chacun voit la construction comme il peut.

Je viens d'atteindre le sommet de l'escabeau.

— Tu es sûr que tu n'as besoin de rien ? Des fruits secs ?

— Par pitié, laisse-moi me concentrer, s'il te plaît.

C'est un mur porteur, mais ce détail m'a échappé. D'un ton autoritaire, je dis : « Marteau ! »

— Non c'est moaaaaaaaaaaaaaaaaaah, stridule la grande qui manque de me faire dégringoler de l'escabeau.

— Mais elle va se taire, bordel ! je hurle.

La grande est en larmes parce qu'elle voulait donner le marteau pour aider papa. Je stresse à mort et suis déjà en nage avec les mains moites. J'ai quand même réussi à saisir le marteau. Heureusement j'avais déjà le clou dans la bouche.

Le clou dans la bouche, ça fait très classe. Il y a trois trucs qui dans la bouche font classe à part les clopes et le cigare :

1. Un épi de blé en balade champêtre avec un mannequin suédois ;

2. Un cure-dent si on tourne un western-spaghetti avec Clint Eastwood ;

3. Un clou si on se prend pour Charles Ingalls.

Le coton-tige, même propre, ça ne marche pas.

Je me prépare donc à planter ce premier clou dans le crochet X. Un joli clou, sans tête, d'une finesse inhabituelle, longiligne et noir. Il suinte déjà de la transpiration de mes doigts gauches. J'y vais. À l'instant où je prends mon élan par une ouverture du bras qui va chercher loin le coup droit derrière l'épaule, je réalise un an après que je n'ai jamais aimé cette aquarelle qui me rappelle trois semaines de pluie non-stop en Normandie.

Et c'est le drame.

L'acier trempé de la tête du marteau vient percuter l'extrémité onglée du pouce gauche à treize heures cinquante-quatre ce dimanche après-midi. Au bas de l'escabeau une petite foule compacte lève les yeux vers le ciel, épouvantée. L'ongle subit presque instantanément une déformation prononcée tandis que la chair se compresse à l'excès durant deux millièmes de seconde qui suffisent à faire éclater les vaisseaux capillaires qui, en cédant, libèrent un flux de sang qui se répand sur le front des enfants qui se mettent à crier en contrebas.

Je tombe de mon promontoire à treize heures cinquante-cinq[1].

Une poussière épaisse se dégage du tapis sur lequel mon corps s'échoue en ce dimanche de septembre.

Après cela, je ne me souviens plus de rien.

Quelques jours plus tard, on m'expliquera seulement que j'ai été expédié en urgence à la salle de bains, que, sur le chemin, je prononçais des paroles incompréhensibles où il était question de clémence divine, de prostitution et de la mère d'un ami[2]. On me dira également que mes enfants ont été envoyés dans leur chambre et que l'on m'a mis au lit. J'y aurais perdu conscience jusqu'au lendemain.

Le matin, en entrant dans le salon, je constate que le cadre est accroché. Je croise le regard de ma femme qui est déjà sur le départ, sacoche en cuir sous le bras.

Elle ne me donne aucune explication.

C'est inutile.

1. La gardienne de l'immeuble me confiera deux jours plus tard que le voisin d'en face, alerté par le bruit, aurait filmé l'atterrissage sur le tapis et s'apprêterait à envoyer la bande à *Vidéogag*. Si c'est vrai, j'este en justice.

2. Bon Dieu de bordel de la putain de sa mère.

Un pour toutes, toutes pour un

Le premier mardi de chaque mois, ma femme va au resto avec ses copines de bureau. Ne me demandez pas où, ce qu'elles mangent, ce qu'elles racontent ni comment ça se termine.

Je ne suis pas initié.

Généralement, j'en profite pour rester seul, à la maison. Comme un chien. Ça tombe bien car mes filles adorent les animaux. Même si elles aiment les animaux, mes filles refusent désormais de croire que Blanche-Neige s'est empoisonnée avec une pomme et qu'une citrouille peut se changer en carrosse. La semaine dernière, la grande a eu des mots définitifs alors que je terminais l'histoire de Byo, le garçon à la tête carrée et aux pieds ultraplats.

— Va donc, affabulateur ! m'a-t-elle lancé avant de s'endormir.

Une fois les enfants couchés, j'ai revu *Love Story* en imaginant que j'étais atteint d'une maladie incurable. Tout le monde pleurait autour de moi et on m'amenait mon petit déjeuner au lit. Je faisais très bien pitié et toute ma famille me regrettait de mon vivant.

C'était très valorisant.

À un moment ma femme a dit qu'elle regrettait tous ses dîners entre copines, qu'elle aurait pu profiter de son pauvre mari pendant qu'il allait bien. Disant cela, elle tamponnait mon front plein de sueur et je la regardais comme si c'était la dernière fois.

Elle se sentait coupable.

Ma femme a dû se douter que je risquais une maladie grave parce que hier ses copines sont venues dîner à la maison.

Et ma femme m'a montré.

Exceptionnellement.

— Géraldine.

— Mon mari.

— Bonsoir.

— Mon mari.

— Pénélope.

— Enchanté.

— Mandarine.

— Mon mari.

— Ravi.

J'étais tout émoustillé, car j'avais fait le dîner.

Il s'agissait de trois célibataires assez jolies mais très malheureuses parce que seules. J'ai beau lire les magazines féminins qui disent que jusqu'à quarante-huit ans une femme n'a pas à s'en faire si elle est seule, j'y crois pas. J'ai beau lire les livres de jeunes célibattantes sans complexes, je sais qu'au fond d'elles-mêmes elles veulent un compagnon pour les accompagner à la campagne et plus tard faire des enfants.

On n'y peut rien.

Les trois copines de ma femme n'échappent pas à la règle.

Pendant que j'étais à la cuisine, elles ont discuté.

Elles ont commencé par le boulot, elles ont poursuivi avec le terrorisme et le cinéma. Mais très vite, elles en sont arrivées au sujet central de l'amour. Dès que le niveau des voix a baissé dans le salon, j'ai tendu l'oreille.

— Alors, t'en es où avec Jean-Seb' ?

À vrai dire j'avais prévu le coup et installé l'interphone bébé. Pour ceux et celles qui ont la chance d'ignorer ce qu'est l'interphone bébé, il s'agit d'un talkie-walkie qui permet de savoir si le bébé dort. J'avais donc placé l'émetteur dans le salon, derrière notre photo de mariage, et le récepteur dans la cuisine. C'est comme ça que j'ai pu suivre toute la conversation dans la cuisine.

— Alors, raconte, a lancé ma femme à Mandarine, avec une voix totalement hystérisée.

J'ai remarqué que depuis quelques mois ma femme s'intéresse de près aux histoires sentimentales de ses amies. Elle déploie beaucoup d'énergie pour leur présenter des hommes disponibles. Et quand ça marche, elle adore qu'on lui raconte tous les détails. Il y a deux ans, j'ai eu l'impression qu'elle leur présentait toujours le même homme. Il était beau, bien élevé, elle en parlait comme d'une excellente affaire, un divorcé à lunettes, directeur du marketing d'une marque de motoculteurs. Bonnes dents, vaccins en règle. Et, plus rare, il avait fait son service militaire. Il était pince-sans-rire avec elle et assez méprisant avec moi. J'ai oublié jusqu'à son prénom tellement il m'inspirait de la méfiance. Pendant sa deuxième grossesse, elle a fini par faire de ce recasage un objectif personnel. J'ai commencé à trouver ça louche quand j'ai vu ses yeux s'embuer quand il prenait la parole pour parler engrais et mécanique agricole. Un soir, j'ai refusé de cuisiner pour ce garçon. Un dîner par quinzaine à la maison, c'était trop. Elle ne l'a plus invité.

— Écoute, c'était nul, Jean-Seb' a même pas bandé.

— Naaaann !

— Ben si, j'ai eu beau l'aider, rien à faire.

— Oh la pauvre !

— J'en ai ras le bol ! Quand ils bandent, ils partent juste après et te laissent là comme une conne. Quand ils bandent pas, ils s'incrustent et s'excusent jusqu'à neuf heures du mat', résultat t'es en retard au boulot. Et quand il y en a un qui te plaît, tu t'aperçois qu'il est marié avec deux mômes.

— Ah oui ? a dit ma femme soudain concernée.

Dans la cuisine, tout en écoutant, je découpais le rôti. J'en ai marre de ce vieux couteau, il faut que je demande un couteau électrique pour mon anniversaire. Le récepteur a recommencé à jacasser au moment où j'enlevais les ficelles du rosbif.

— T'as de la chance toi, tu as trouvé l'homme idéal.

— Ouais, a dit ma femme, pensive.

— C'est vrai t'as du pot.

— Mais qu'est-ce qu'on a franchement ? Dès qu'on s'attache, ils se tirent. Et dès qu'on les drague, ils se tirent.

— Y en a même qui se tirent avant de nous rencontrer.

— Vous savez, femme mariée, c'est pas tous les jours dimanche !

La salope ! J'ai failli me couper le doigt. J'ai monté l'interphone d'un ton, histoire de voir jusqu'où elle irait dans la trahison.

— Ben c'est du boulot, les mômes tout ça. Et puis c'est moi qui me tape toutes les paperasses, la nounou, les carnets, les devoirs de la grande. Lui, il n'est là que pour amuser la galerie et choisir les programmes télé.

— T'exagères, il cuisine hyper bien tu nous as dit.

— Attends, il a l'air gentil comme tout. Je l'ai senti à son regard quand il nous a dit bonjour.

Ça c'est Géraldine, une rousse avec des seins blancs comme Blanche-Neige et gros comme les citrouilles de Cendrillon. Elle aussi inspire la gentillesse.

— Et puis il travaille, lui.

— C'est vrai que, maintenant, la plupart sont au chômage. Au début tu t'emballes parce qu'il s'installe chez toi et te pique ta brosse à dents, tu te dis ça y est, c'est la fusion, ça va durer. Manque de bol, le mec est au chômage. Tu t'es fait avoir. Un jour, j'ai été obligée d'en virer un, il me piquait du fric. Je te jure, j'ai dû appeler un ami gay pour le faire partir.

— Ouais, ouais, c'est vrai, il est sympa. Je dois être un peu fatiguée, c'est tout, a admis la mère de mes enfants.

J'avais fait une purée maison avec beaucoup de beurre. En fait je m'étais appliqué comme un fou. Dans *Peau d'âne*, la princesse fait un gâteau pour séduire le prince. Malgré l'abîme psychologique dans lequel me plongeait cette conversation postmoderne entre trois dominatrices désespérément seules, fertiles et bien foutues, je me rendais compte que j'avais fait des efforts de cuisine non pas pour ma femme mais pour séduire les trois à la fois. J'étais une sorte de Peau d'âne, moi aussi. Sauf qu'au lieu de sentir la bouse comme la vraie, je sentais le jus de rosbif.

— Attends, je me suis fait larguer le mois dernier, j'ai rien vu venir. Un fou, je te dis.

— Évidemment, pour te larguer, il devait être déséquilibré.

Je mets toujours un peu de muscade dans la purée, ça donne du goût. L'interphone bébé n'en finissait plus d'émettre.

— Un dingue, je te dis. Il m'a parlé de son besoin d'indépendance, qu'il avait peur de s'engager et de me décevoir, tout ça parce que j'ai organisé un dîner aux chandelles.

— Il ne devait pas aimer les bougies parfumées, a diagnostiqué ma femme.

— Il s'est tiré juste avant le dessert. J'ai pleuré jusqu'au lundi matin.

C'est bizarre. À chaque fois qu'on se tire on est fou. En revanche, si on reste, qu'on sacrifie la liberté et tout ce qui va avec, on gagne en maturité. Et si on leur fait des mômes, alors là, c'est le prix Nobel de sagesse. J'ai déglacé la sauce du rosbif et mis le tout dans une saucière. J'adore faire le puits avec du jus dans la purée.

— Attends, ils savent même plus draguer. L'autre soir dans une soirée, y en a un qui m'a dit j'embrasse pas, mais si tu veux, je peux te sodomiser.

— Ils sont lourds, tu peux pas savoir.

— Comment t'as fait toi pour te le trouver ?

— Ben je sais pas, on nous a présentés. Le soir, ça n'a pas été glorieux. Il m'a raccompagnée chez moi, sa caisse était couverte de crottes de pigeon et il savait pas embrasser. Je l'ai pas fait monter. Mais le lendemain, il a rappelé, et le surlendemain aussi. Il s'est attaché et je l'ai laissé faire.

— C'est trognon.

— Et vous en êtes à combien ?
— Huit ans.

Le problème du rosbif, c'est que ça refroidit vite. Elles vont se régaler, je me suis dit. En fait, je rêve de polygamie. J'ai calculé que si je voulais continuer d'emmener les filles au parc, rentrer tous les soirs à la maison et ne pas m'inventer des séminaires le week-end, il est scientifiquement impossible d'avoir une liaison extraconjugale. Le mieux c'est de jouer franc-jeu et d'aborder rapidement la question de la polygamie. Le plus tôt sera le mieux.

Et pourquoi pas ce soir ?

— Tu crois qu'on va rester seules combien de temps ? a poursuivi l'interphone bébé.
— Faut pas chercher, si tu cherches, tu trouves pas, ça vient au moment où tu t'y attends le moins, a radoté ma femme citant *Marie-Claire* sans donner ses sources.

C'est vrai, si la polygamie existait, je mettrais dès ce soir les choses au point. Voilà ce que je leur dirais :
— Écoutez les filles, j'ai bien entendu ce que vous aviez à dire. J'ai analysé vos besoins. Vous êtes belles, intelligentes, seules et le dimanche

soir, les hommes de votre vie s'appellent Guy Carlier ou Marc-Olivier Fogiel. J'ai un plan pour vous sortir de là. J'ai discuté avec ma femme, elle est d'accord. Elle me prête sans contrepartie.

Combien de mecs fantasment sur les copines de leur femme ? C'est pas qu'elles sont plus jolies mais elles sont neuves, inédites. Leurs seins sont des planètes où la main de l'homme n'a jamais mis le pied. Ce sont ces foutues structures bourgeoises qui empêchent ces malheureuses de profiter des derniers hommes équilibrés. Franchement, les progressistes et les féministes perdent leur temps. Au lieu de réclamer le droit pour les femmes de devenir prêtre, mieux vaudrait autoriser les célibataires urbaines à se partager un homme marié.

Avec l'accord de l'officielle, bien sûr.

Il faut être réaliste. Le marché des hommes c'est comme Rungis, les meilleurs fruits partent les premiers. Y a pas de secret. Une fois les meilleurs en ménage, que reste-t-il à ces malheureuses ? Des types divorcés, épuisés et décidés à profiter de la vie. Sans parler des attardés mentaux qui ne savent plus leur parler, les regarder, leur tenir une portière ou les embrasser dans le cou. Ceux-là font semblant d'être fous ; en fait ils se cachent et essaient d'échapper à leurs responsabilités.

Certains disent qu'un autre monde est possible, que nous devons mieux répartir et gérer les ressources de cette planète. Ça commence par un partage plus équitable de la semence et des hommes de bonne volonté. Si chacun y met du sien, on créera du bonheur pour tout le monde.

Allez ! Je fais le premier pas. Aux femmes seules de voir avec ma femme comment faire l'autre moitié du chemin.

J'en étais là quand j'ai entendu ça :

— Elle est finie cette purée ? On a faim !

Puis plus bas, elle a dit :

— Il est lent en ce moment. Il m'énerve. Vous pouvez pas savoir.

— T'es dure, a fait Géraldine, la rousse.

— On voit que c'est pas vous qui vivez avec. Hier il a renversé ses céréales au lait chocolaté sur le canapé en regardant les infos. Il a dit que c'était à cause de Florence Aubenas, il a jappé quand il a appris sa libération.

— Estime-toi heureuse. Mieux vaut être mal accompagnée que seule.

— Elle a un mec, Florence Aubenas ?

De la cuisine, j'ai annoncé que j'arrivais, qu'il fallait prendre patience, que l'attente était la moitié du plaisir. En fait, je faisais le malin avec mon rosbif-purée.

— Ça tombe bien, j'adore le filet ! a dit Pénélope.

— Et moi la viande rouge ! a surenchéri Géraldine.

— J'ai envie de déchiqueter du muscle de bœuf, a lancé Mandarine en rugissant et en agitant sa chevelure blonde et bouclée.

On aurait dit des fauves.

J'ai éteint l'interphone bébé. J'ai placé le rosbif long, trapu et violacé bien au milieu du plat sur son lit de purée immaculée. J'ai mis le plat et la saucière sur un beau plateau d'argent et j'ai apporté mon offrande au salon où les trois carnivores plus ma femme attendaient en fumant des cigarettes *light*.

Qu'est-ce qu'elles picolent ! Elles en étaient à la deuxième bouteille de rouge quand je me suis pointé. Il y avait de la fumée partout. Au moment où j'ai franchi le seuil du salon, y a eu un grand blanc.

— Ben qu'est-ce qu'il y a, j'ai fait. J'ai quelque chose ?

— Ton tablier ! a grincé ma femme sèchement, t'es ridicule et de mauvais goût. Va l'enlever !

J'ai regardé mon tablier. Il était recouvert d'un motif photographique figurant le tronc d'une femme plantureuse et dévêtue. On voyait la toison du sexe en faux poils synthétiques et les seins en résine comme si c'était des vrais. Sur le ventre, des lettres en gros caractères demandaient *Who is the boss ?* Un truc acheté à Londres dans une boutique à touristes qui donnait l'impression immédiate que j'avais cuisiné dans le plus simple appareil.

Ma femme a juste hoché la tête, pensive. Ses copines ont fait semblant de sourire. Chacune pour des raisons différentes, j'imagine. Géraldine, la rousse, a dû penser qu'un homme qui se laissait parler sur ce ton par sa femme méritait de bouffer à la cuisine. Pénélope avait l'air de trouver le tablier de mauvais goût. Quant à Mandarine, elle a dû se dire que le célibat avait peut-être quelques avantages.

Je suis retourné ranger le tablier à la cuisine.

C'est en le remettant au fond du placard que j'ai renoncé à la polygamie.

La femme augmentée

On dit que la technologie nous permettra demain d'entendre, de voir, de courir aussi bien que l'homme qui valait trois milliards sans être obligé de porter son survêtement. Les revues scientifiques appellent ça « l'homme augmenté » : plus jeune, plus beau, plus longtemps, un rêve qui donne, une fois de plus, une très grande confiance en elle à l'humanité entière.

Moi, j'ai déjà une femme augmentée.

Depuis trois jours, elle me disait que c'était la période des augmentations. J'y pensais plus quand elle est rentrée à la maison. Je l'attendais devant le JT, en matant un sujet sur l'émancipation des femmes afghanes qui créent leur entreprise sur Internet et refusent d'épouser des hommes barbus, rétrogrades et méchants.

— Alors, j'ai fait, tu l'as eue, ton augmentation ?

— Quoi ? Attends, Maouh, je range le frigo… Au fait, t'as pensé à ramener des lingettes ?

— Non j'ai oublié, sinon tu l'as eue ton augmentation ?

— Quinze pour cent, elle a dit tranquillement en rangeant le lait de croissance.

D'habitude les pourcentages ne me font rien. Mais là, j'ai eu comme un frisson. Plus quinze pour cent d'augmentation, c'est énorme ! J'ai calculé à la vitesse d'un Pentium Inside. La réalité s'est vite imposée. C'était quasi historique, en ce mardi de l'an de grâce 2005, la mère de mes enfants, évaluée à l'aune des standards anglo-saxons de performance individuelle en vigueur dans un monde ouvert, ma femme donc, s'apprêtait le mois prochain à gagner plus d'argent que moi. En net imposable.

Ça a failli m'angoisser. Si, si, pendant quelques minutes. J'ai eu comme un sentiment d'orgueil blessé, du genre : mais que vont penser les copains, la famille et mes filles si elles l'apprennent ? Car mes filles continuent à me dessiner plus gros que maman sur les dessins de fête des Pères. La maîtresse dit que c'est normal. Mais là, si elles apprennent que maman gagne plus que papa, je vais rétrécir !

J'ai commencé à tourner autour de ma femme en la regardant curieusement. Pendant ce temps-là, la table était déjà mise, les enfants douchés et la salade de tomates assaisonnée.

Toujours impeccable ma femme. Toujours à la maison à l'heure pour libérer la nounou. Toujours au fait des naissances, des prénoms, des cadeaux, des anniversaires qui vont avec. Toujours organisée ma femme, les vacances, les dîners, les restos, c'est elle qui a tout ça dans son agenda.

Ce que racontent les scientifiques et Angela Davis est donc vrai. Elles savent tout faire y compris porter des strings et rouler des fesses quand il le faut.

Pendant que je me disais ça, je l'ai vue s'emparer de la dernière, d'une main ; brancher le Baby Cook de l'autre et, le téléphone coincé entre l'épaule et l'oreille, prendre des nouvelles de la rougeole de son neveu. Du bout de l'escarpin, elle poussait des packs d'Évian au fond d'un placard. Tout en faisant cela, elle restait mince et jeune. Et elle m'excitait.

Elle a dû sentir mes yeux dans son dos parce qu'elle s'est retournée tout en vidant la purée dans un bol et en goûtant pour voir si c'était pas trop chaud. Elle m'a souri. Sur une jambe, parce que de l'autre elle poussait l'assiette de Canigou pour le chien.

À ce moment-là, je ne sais pas pourquoi, j'ai pensé à Rémi Bricka, l'homme-orchestre qui chantait pour les mômes avec un lapin qui lui chiait sur l'épaule en plein *Midi Première* chez

Danièle Gilbert, avec son chapeau de Robin des bois et ses bottines à grelots.

En fait, ma femme c'est Rémi Bricka, en moins bruyant.

J'ai une femme-orchestre qui sait tout faire, y compris décrocher des augmentations. Sauf qu'elle n'a pas de lapin, mais un mari qui gagne moins qu'elle à partir du mois prochain.

Faut peut-être que j'arrête ces comparaisons ? Une psy me dirait que c'est pas bon. Comparer, c'est vraiment un truc de bonhomme. À cinq ans, on compare la taille de nos camions. À treize, on compare la taille de nos zigounettes. À dix-huit, on compare les nichons de nos petites copines. À trente-cinq, on compare les organizers de poche. Et ça dure comme ça jusqu'à la fin. En fait non, à la fin, on ne compare plus. On part comme un con.

Mais la grande nouveauté aujourd'hui, c'est qu'on ne compare plus entre hommes, peinards devant un demi ou un match de foot. Non, on compare à la maison avec madame. Et les résultats ne sont pas folichons. Voici quelques exemples de comparaisons où c'est ma femme qui gagne.

Ma femme a toujours les ongles impeccables. Ma femme ne se cure jamais le nez et ne se débarrasse jamais de la boulette d'une pichenette en direction de la journaliste qui présente les nouvelles. Ma femme ne s'énerve jamais contre les enfants quand personnellement j'aimerais les perdre au fond des bois. Ma femme sait négocier un tapis au fin fond de la Casbah. Ma femme est à l'écoute de mes problèmes. Ma femme s'inquiète de ce que les enfants ont pris leur bain. Ma femme donne à l'Unicef en achetant les cartes postales de Noël.

En fait, « ma femme, c'est quelqu'un », aurait pu écrire Raymond Devos.

Ma femme a le sens de l'orientation contrairement à moi et à une idée répandue. Ma femme conserve la garantie du four et du réfrigérateur achetés chez Darty. Ma femme fait le nécessaire pour qu'on garde encore des amis quand je ne les rappelle jamais. Ma femme décore le sapin. Ma femme fait du roller, ma femme est championne de ski. Ma femme pense au développement durable et a compris que recyclable ça ne pourrit pas et que putrescible ça ne se recycle pas.

Je garde le meilleur pour la fin.

Ma femme connaît les impacts fiscaux d'un atterrissage de la navette spatiale Discovery sur la base aérienne d'Istres en cas de mauvaise météo.

Tout ça ne veut pas dire que je ne sais pas faire des trucs. En revanche, tout ce que je sais ou fais mieux que ma femme ne sert strictement à rien. Quelques exemples :

Je sais qui sont Robert Plant et Lemmy Kilminster[1] et pourquoi c'est important de le savoir.

Je sais faire le lourd à table avec les copains.

Je sais qui est David Beckam, ma femme ne l'a su qu'il y a deux ans.

Je sais pousser les rapports, surtout en troisième (vitesse).

Je sais qu'une telle de ses copines est une grosse chaude (en fait j'en sais rien).

Je sais que ce mois-ci Noos nous offre toutes les chaînes gratos.

Je sais envoyer un mail en copie cachée.

Je sais ne pas débarrasser la table.

Je sais laisser les enfants se coucher tard.

Je sais oublier de ramener du lait de croissance.

Je sais utiliser une tétine démagogique pour faire taire la dernière, au risque de provoquer une déformation de son palais et des difficultés dans l'apprentissage de la lecture.

Je sais fermer les yeux sur les vols de Dragibus de la grande chez l'Arabe du coin qui ferme aussi les yeux parce que ça le fait marrer.

Je connais le prix en dollars et en euros d'un

1. Respectivement chanteurs de Led Zeppelin et Motorhead.

buste en résine de Spiderman et je ne me fais pas arnaquer par les vendeurs parisiens.

Et il découle logiquement de ce qui précède que le lecteur sait désormais pourquoi ma femme est mieux payée que moi. Parce qu'elle vaut plus.

Pour revenir aux quinze pour cent, je dois tout de même admettre que je suis un salaud et que je vais confesser dans quelques lignes des pensées atroces. Il paraît que c'est bon de parler. Donc je vais le dire, mais il me faut un peu de temps.

Pendant qu'elle lit une histoire aux enfants, je suis en train d'étendre une lessive. J'ai horreur d'étendre du linge car il n'y a jamais assez de place sur l'étendoir. Comme beaucoup d'hommes qui ont décidé de faire leur adaptation, j'ai encore ce sentiment d'avoir fait bien plus que ce que j'ai à faire quand je participe aux tâches ménagères. Comme si quand c'était moi qui étendais la lessive, ça comptait triple, comme au Scrabble.

Donc je suis là en train d'essayer d'être utile, quand les quinze pour cent d'augmentation de ma femme se pointent à nouveau dans ma tête et que je repense à l'entretien d'évaluation qui a précédé leur officialisation. C'est là que j'ai la mauvaise pensée. Très mauvaise la pensée. Pas une pensée correcte. Une horreur de pensée sociétale. Mais les psys femmes me disent de lâcher le truc.

Donc je dégaze comme un méthanier en mer du Nord. En fait, c'est pas une pensée, c'est un soupçon pourrave. Ça vient comme ça.

Comment s'est déroulé cet entretien ? Après tout on ne sait pas. Il n'y a aucune trace. Ils étaient combien d'abord ? Est-ce qu'elle avait une jupe ? Et son boss, quel âge a-t-il ? Si ça se trouve, il est séduisant, cultivé et ne s'endort pas à l'Opéra. Et quelles sont leurs relations ? Et si par hasard... Enfin, je sais pas moi, et s'il y avait entre eux plus que de la complicité ? Et si dans cette boîte, disons-le, ils faisaient l'amour entre eux juste avant la période des augmentations ? Comme les manchots sur la banquise. Comme dans les boîtes de pub dans les années 80. Et si...

Je suis un salaud.

Il y a un débat domestique sur l'orientation des couverts dans le lave-vaisselle. Pointe en haut, c'est dangereux si un bébé s'approche, il peut se crever l'œil, mais ça lave mieux. Pointe en bas, c'est plus sûr, mais ça lave moins bien. Bébé borgne ou vaisselle propre ? C'est une vraie question.

Je suis un salaud.

Elles ont mis des siècles à faire leur place dans les entreprises, les ministères et au Medef et moi, à la moindre augmentation, je soupçonne ma femme d'avoir... Non, je peux même pas l'écrire. Bien sûr, ça n'a fait que me traverser l'esprit. En fait ma femme mérite bien plus que quinze pour cent d'augmentation et moi je mérite une réduction de pénis immédiate par un gang d'Indiens Jivaro très cruels. En fait, si ça ne tenait qu'à moi, je l'aurais augmentée de cent pour cent et j'arrêterais de bosser. Dans ce cas-là, je serais pas un salaud, je serais un maquereau. Avec mes chaussures blanches de chez Jean-Baptiste Rautureau.

Mais revenons à ma gagneuse.

Le travail, les femmes et l'argent, quoi qu'on dise, c'est suspect, depuis la nuit des temps. C'est l'association inconsciente d'idées suspectes la plus vieille du monde. C'est très mal, mais qu'est-ce que c'est excitant ! D'ailleurs, elle m'excite là avec son fric qui va arriver, sa force de travail, son talent, son génie de la planification, sa fiscalité des navettes spatiales, son augmentation, sa jupe d'*executive woman* et ses talons hauts.

Je suis sûr que je m'entendrais bien avec le mari de Claudie Haigneré ou celui d'Hilary Clinton, je suis sûr qu'on a des trucs à se dire. Même avec François Hollande, je pense qu'on a des points communs. Il y a des jours, j'ai l'impression d'être le proprio d'une jument de compétition.

Tu vas voir ce que tu vas prendre après que j'ai descendu les ordures.

Tu vas voir ce que c'est que le salaire de l'amour.

Je suis un escroc.

J'ai mal visé pour le Sun Lavage, j'en ai mis partout à côté du clapet. Je ne suis même pas foutu d'utiliser un lave-vaisselle.

Je suis un incapable.

À la place de ma femme, franchement, je me larguerais.

Bonnet blanc et bonnet C

Au printemps, le silicone revient. Juste au moment de se mettre au lit où je lis déjà *4 X 4 Magazine* en l'attendant. Elle se regarde à poil dans le miroir de la chambre. Elle jauge, évalue le reflet de son buste, fait une moue contrariée et puis elle me lâche le truc :

— Ils sont vraiment trop petits.

Tous les gynécos le disent. Dès qu'elles ont pondu leur quota et qu'elles ont remporté leur derby sur l'horloge biologique, elles manifestent le désir de seins neufs.

— Je crois que je vais me les faire refaire, elle dit ça comme si elle allait s'engager dans l'Armée du Salut.

— Ah bon ? je fais en matant l'argus des Land Adventurer d'occas'.

— Ça te plairait si je me les faisais refaire ?

C'est bizarre l'hypocrisie. Je suis jamais hypocrite avec elle. J'ai plutôt tendance à la franchise, mais à chaque fois qu'on aborde le sujet, je suis aussi naturel que les lèvres de Michel Sardou.

— Mais ils sont très bien tes seins, ils me conviennent à moi !

Mais pourquoi dire ça alors que j'ai toujours aimé les gros seins montés sur des Barbie à roulettes ? C'est vrai, ça. J'ai toujours aimé les seins gros, légèrement accablés, plantés un peu bas, voyez ? À vrai dire, j'adore voir des gros seins de trois quarts dos. Un joli dos, des bras levés, des gros seins qui tombent un peu et qu'on devine derrière la courbe des flancs, c'est mes montagnes russes à moi.

Il suffirait que j'insiste un peu. Après tout, pourquoi ne pas exiger qu'elle s'en fasse faire des comme ça ? On va bien voir un architecte pour faire dessiner une maison... Je pourrais l'accompagner chez le plasticien et réclamer un plan.

— S'il te plaît, monsieur, dessine-moi un mamelon.

Chaque printemps, elle annonce son intention de le faire, me demande mon avis et rituellement je mens que c'est pas nécessaire. Ensuite on dort, à moins que je ne lui prouve que c'est très bien aussi sans gros seins. Le lendemain, je sors dans la rue et je vois qu'il y a des gros seins partout dans le monde sauf chez moi. Inévitablement, je trouve que la répartition est inéquitable.

— Qu'importe la taille, chérie, pourvu qu'on ait des jolis bouts, non ?

J'ai lu un truc très sérieux sur les gros seins et les Barbie. En entretien avec des scientifiques, la plupart des hommes expliquent qu'ils aiment les filles comme ci et les femmes comme ça, avec des grains de beauté ici, des cheveux roux là et des nombrils en forme de noisette. Ça c'est pour épater la galerie et faire les intellectuels.

Foutaises.

Car lorsque les chercheurs observent les hommes en plein air, ils notent que la très grande majorité d'entre eux est attirée par des blondes à grosses lèvres, gros seins, gros derrières et longues jambes. Les ethnologues sont formels. Il y a ce que les hommes racontent en entretien semi-directif à des psys de centre gauche et ce qu'ils font en liberté non surveillée. Ça n'a rien à voir.

— Mais tu crois pas que je dois me les faire refaire ?

Ça c'est une variante de la même question, le lendemain soir. Elle insiste. Parce que ma réponse de la veille l'a pas totalement rassurée. Elle sait très bien que, les beaux jours venus, je regarde passer les girafes à gros seins avec leurs espadrilles à talons compensés. J'ai toujours aimé les espadrilles à lanières avec des talons hauts en corde tressée. Ça me fait penser à Belle des champs. J'ai jamais dit à ma femme que j'aimais les pompes de Belle des champs.

Bizarre.

En fait, je confonds : la Belle des champs porte des bottes en caoutchouc quel que soit le temps. Pour des raisons commerciales, j'imagine.

— Alors ? Je les fais refaire ou pas ?

Il paraît que le dernier Land Adventurer[1] pollue moins qu'avant. C'est ce que dit *4 X 4 Magazine* et…

— Tu ne les regardes plus et tu les trouves trop petits.

Elle insiste, c'est une crise profonde. C'est maintenant qu'il faut fermer le magazine, sinon elle risque d'être contrariée. Il est vingt-trois heures quinze et c'est l'heure du colloque annuel sur la plasturgie mammaire. C'est compliqué de trouver les mots qui la réconforteront. C'est encore plus paralysant de prendre la décision historique de rebâtir sur cette plaine en friche où rien n'a véritablement poussé depuis la dernière grossesse. Si elle lit ça, je suis mort.

1. Au début du XXIe siècle, on commence à trouver des ouvrages d'hommes intégrant des publicités clandestines pour les véhicules à quatre roues motrices. Avant la pénalisation de leur utilisation par les gouvernements de centre gauche, dépassés par leur aile néotrotskyste, ce type de véhicules devait susciter un engouement important et représenter plus de six pour cent des ventes de véhicules en Europe de l'Ouest et aux États-Unis.

Transformer ma femme en bimbo, un rêve de Pygmalion. Je ne dois pas oublier qu'on s'est aussi mariés pour se soutenir dans les moments de doute. C'est ma femme et je l'aime et donc je dois faire preuve de compassion et de solidarité.

Là c'est les seins trop petits, mais ça aurait pu être autre chose. Ç'aurait même pu être moi avec des histoires de carrière professionnelle. Par exemple :

— Chérie, mon bureau est trop petit, je crois que j'en voudrais un plus gros mais Bertrand mon chef de service ne voudra jamais.

Ou bien :

— Et si je mettais des jantes alu sur la voiture ?

Dans ces instants de doute, quand je n'ai trouvé aucune réponse à mes questions dans *4 X 4 Magazine* ou *L'Essentiel du management*, je lui tourne le dos et questionne le vide. C'est à cet instant qu'elle se colle à moi et trouve les mots pour le dire :

— Chéri, tu es le meilleur.

C'est fort de trouver les mots qu'il faut, comme ça, objectivement et si vite. Mais moi... Qu'est-ce que je peux dire à une femme qui dit qu'elle a des petits seins et qui a raison. Enfin non, elle a pas raison, ils sont juste, comment dire... Ils sont juste pas gros.

Si je réponds ça, je vais dormir dans le salon.

Mais si je lui dis qu'ils sont pas petits, qu'ils sont adorables, je vais pas être crédible. Pas parce qu'ils sont pas adorables mais parce que je vais pas avoir le ton juste. Et passer du Land Adventurer au 90 B de ma femme, c'est du tout-terrain. Cela dit, les printemps succédant aux printemps précédents, j'ai quand même fait des fiches. En fait, j'ai une réponse par année de mariage.

Première année, passionné :

— Tu n'y penses pas. Si tu fais ça je te quitte.

Deuxième année (grossesse), enjoué :

— Fais sucer que je goûte.

Troisième année, technique :

— Fais voir, mais non, ils sont pareils qu'avant ta grossesse ! Tourne-toi voir ? Non, franchement, ils sont parfaits.

Quatrième année (deuxième grossesse), psychologue :

— Écoute, franchement, quoi que tu fasses, je te soutiendrai et je sais que tu prendras la meilleure décision.

Cinquième année, faux cul :

— Mais je t'assure, ils sont parfaits comme ça.

Sixième année, curieux :

— Et de combien tu voudrais les grossir ?

Septième année, pratique :

— Tu prends rendez-vous quand ?

En fait, je ne me suis jamais risqué à cette dernière réponse et je ne sais pas ce que je vais lui dire cette année. En vérité j'hésite. Lui dire que j'en ai envie c'est quelque part lui avouer que je ne me contente pas de ce que la nature lui a donné. C'est aussi avouer que j'ai menti quand depuis si longtemps je lui dis qu'elle est parfaite.

Pour vivre en paix.

Comme tous les hommes.

Mentir toutes ces années pour se faire pincer, comme ça au coin d'un bois. Ce serait stupide.

— Tu ne dis rien, en fait tu t'en fous, t'en n'as plus rien à faire, elle dit en étalant sur ses joues de pêche une crème de nuit qui signifie que nous ne ferons certainement pas l'amour ce soir et qu'il me reste une minute trente pour trouver la parade et terminer le dossier comparatif entre le Land et le monospace.

Imaginons que je me mette à table immédiatement. Genre…

— Écoute, je voulais te le dire depuis notre première rencontre, ne le prends pas mal, mais tes seins sont irrévocablement inadaptés à la taille de mes mains. Comme je ne peux pas me faire amputer des doigts, c'est à toi de te faire grossir les seins. Nous irons chez le docteur Gilbert Sebbag la semaine prochaine et nous choisirons ensemble ce qu'il te faut. Maintenant, s'il te plaît, tu me laisses lire et tu étales ta crème de nuit. Je voudrais terminer le comparatif dans *4 X 4 Magazine*.

Imaginons que je dorme encore dans mon lit après avoir dit ça et qu'elle ait encaissé la nouvelle sans broncher. M'en porterais-je mieux ? Je ne suis pas sûr, car si j'ai une femme qui a des gros seins remodelés par le docteur Gilbert Sebbag, il est clair que je n'aurai plus à regarder les jolies femmes qui paradent dans la rue, le Playtex en avant.

Je ne suis pas prêt à renoncer à ces moments, à ces promenades au pays des balconnets et des pigeonnants. C'est une forme de tourisme.

Et puis si ma femme se fait refaire les seins, je ne regarderai plus ses reins et ses fesses avec la même tendresse, tout perturbé que je serai par sa nouvelle poitrine. Elle s'en apercevra et me soupçonnera de ne pas aimer ses fesses. Résultat, l'hiver prochain, c'est un devis pour le derrière qu'il faudra demander au docteur Gilbert Sebbag.

Tout réfléchi, je préfère garder le budget pour les sièges en cuir de mon futur Land Adventurer.

En attendant, il me reste trente secondes pour répondre. Je prends ma respiration et soudain je me jette sur elle et m'immobilise à califourchon sur son ventre.

— Arrête, t'es trop lourd, tu me fais mal ! Qu'est-ce qui t'arrive ?

Je prends un air mauvais. Je saisis de la main droite les gants de toilette au saindoux qui font chez moi office de pectoraux. De la main gauche, je pince dix centimètres d'épaisseur de bourrelets au gras-double. Et là je me mets à hurler.

— Tu vois ces tétons qui pendouillent de graisse ? Tu les vois mes bourrelets minables et superposés ? Tu vois ce que je suis devenu en sept ans de mariage et deux couvades ? Un paquet de Slim[1] avec du poil autour ! Tu vois ce que mon amour pour toi a fait de mon corps ? Et toi tu me casses les couilles parce que t'as pas assez de nichons ? Mais tu n'as donc pas de pitié ? Tu prétends m'aimer encore ? Mais si tu m'aimais, tu aurais la décence de ne pas évoquer la question des seins avec moi et plus globalement le sujet de la chirurgie plastique...

Le visage déformé par la colère et le chagrin, je roule sur le bas-côté du lit conjugal, tel un éléphant de mer échoué sur la banquise. J'observe une minute de silence stratégique et j'éteins. Dans les ténèbres de cette nuit de printemps, je sens son souffle chaud se rapprocher doucement de mes omoplates et j'entends sa voix fluette et tremblante murmurer dans le creux de mon oreille...

1. Pâte à modeler ultra-molle, humide et verte inventée aux États-Unis à la fin des années 70.

— Pardonne-moi, j'ai été sotte.

Tranquille pour un an, je cale l'oreiller contre mes propres seins, devine dans mon dos sa petite poitrine de lycéenne coupable. Je m'endors serein, la tête pleine d'un rêve où les Land Adventurer arpentent joyeusement et sans bruit des collines rondes et toscanes qu'on dirait dessinées par le docteur Gilbert Sebbag.

En tout cas

Ma femme a un ami. Un *gué*. Un type très bien, vraiment. On dîne chez lui ce soir.

En plus, il est beau mec.

— En plus de quoi ?

— Mais en plus de rien, laisse-moi conduire, steuplé !

Toujours tiré à quatre épingles. Un jour, j'ai visité une exposition avec lui. Une femme l'a carrément agressé. Prenant prétexte de sa cravate, un motif très recherché, très coloré ; elle lui a sauté dessus en lui disant qu'il était beau. Moi rien. Je pouvais toujours me gratter.

J'étais jaloux.

Je ne suis qu'hétérosexuel.

Même pas métro.

Même pas bi.

Alors homo, y a du boulot.

Je suis plutôt détendu sur ces questions. Pour moi, les *gués* sont des gens comme les autres. Sur les questions de société, je suis assez cool. Pas laxiste, mais cool. Par exemple, la *guépraillede*, je trouve ça bien du moment qu'ils rangent après.

— Pourquoi tu dis les *gués*, pourquoi tu dis pas les gays ? Et puis on dit Gay Pride !

— C'est pas la prononciation qui compte. Et puis tu commences à m'énerver toi, la spécialiste des homos, madame Je-sais-tout. T'as aucune chance, tu le sais non ?

Ça c'est cruel, mais je me bats avec les armes que j'ai.

De quoi je me mêle, franchement.

L'homosexualité, c'est un truc de mecs après tout. Cela dit, c'est vrai qu'il y a les frangines aussi. Je les avais oubliées celles-là. Si ça se trouve ma femme a eu quelques expériences. Tiens, j'aimerais bien la voir avec Martine. Ce serait quelque chose, tiens.

— T'es vraiment qu'un beauf avec tes fantasmes de setter irlandais. En fait t'es qu'un sale con de droite.

— Pas du tout, j'ai des idées très progressistes, je suis pour l'adoption des lesbiennes et même des homos. On pourrait adopter un couple une fois en retraite. On les mettrait dans les lits superposés des filles.

— T'es con !

— Je vais te surprendre, mais je suis capable d'avoir une relation homosexuelle : un jour, j'ai couché avec une lesbienne qui ne voulait pas mourir idiote.

— T'es vraiment con !

Elle est comme ça parce que ce soir elle aimerait bien être un homme. Je la connais. On dirait qu'elle va chez son obstétricien, tellement elle est surex'. Il faut dire qu'il a toutes les qualités, ce type. D'abord il est sensible. Ensuite il cuisine bien. Il a de vraies qualités d'écoute. Il est raffiné. Toujours à la pointe de la mode.

— Décidément, tu ne nous épargnes aucun cliché. Y a des gays qui n'ont rien de tout ça tu sais. Des gays comme toi et moi.

— Excuse-moi mais le côté circulez y a rien à voir, ça marche pas avec moi. Ces types-là ne sont pas comme nous, c'est pas un crime de constater qu'ils s'habillent à la mode et qu'ils sont un peu plus implantés dans le Marais que la moyenne des hétéros, non ? J'ai pas dit *La Cage aux folles*, j'ai dit raffinés. Tu vas pas appeler SOS Homophobie parce que j'ai dit « raffinés », quand même. On peut même plus relever les différences tellement il faut être égaux de nos jours !

C'est vrai qu'ils sont raffinés. Quand il vient à la maison, il apporte toujours un truc sympa. Une bougie parfumée, un disque branché. Un jour, il est venu avec un petit cadeau pour moi. Un marcel en résille mauve. Ça m'a beaucoup touché. Je l'ai jeté. Faut pas exagérer non plus.

— Toute façon, ça t'allait pas. Avec tes seins, on aurait dit un rôti de porc dans sa ficelle.

C'est clair que je préfère sa cuisine à ses cadeaux. La dernière fois, il nous a fait des tomates confites avec un rôti de thon aux épices. La classe. Je sais pas ce qu'il va nous faire cette fois-ci. Là je fais le mec sympa et tolérant. Mais il faut bien reconnaître que tout ce qui arrive, c'est à cause d'eux. Ben oui. Les types qui se coupent les cheveux très court parce qu'ils sont chauves, les chemises près du corps, les crèmes pour les rides qui font durer plus longtemps, sans parler de l'épilation du torse et de tous ces mecs qui veulent faire des mômes en se faisant greffer un utérus ; tout ça, c'est quand même pas à cause des hétéros que je sache. Je la ferme, on est arrivés.

— Oh t'as changé de canapé ?

— Ouais, j'ai trouvé ça chez Silvera, j'ai craqué.

Ça y est, je me sens exclu. C'est parti, elle est allée minauder et fouiner dans la cuisine. Et que je te demande les recettes et que je te palpe les muscles. Elle a de la chance qu'il soit homo sinon elle m'entendrait. La dernière fois qu'on est venus, je l'ai trouvée en train de lui regarder les fessiers. Elle était hystérique. J'ai bien cru qu'elle allait les mordre. Mais là ça parle popote. Ça sent bon en tout cas. Il va falloir que j'arrête de dire « en tout cas » à chaque fois que je suis un peu sur la défensive. C'est stupide de dire « en tout cas » sous prétexte qu'on dîne chez un homosexuel. C'est même complètement débile.

Tiens, c'est quoi ce magazine sur la table basse ? Merde, c'est *Têtu*, dis. La vache, le mec, il en a un sacré slip ! Mais comment ils font pour se trouver des maillots de bain des années 70 comme ça, ils vont les chercher aux puces ou quoi ? De toute façon dans ce truc, ils sont en slip tout le temps. J'ai jamais vu une couverture où le mec était pas en slibard.

Je ne vais quand même pas ouvrir et feuilleter ce truc. Quand même. Moi, lire *Têtu* ? Tu m'as vu ?

Cela dit, sur un plan strictement marketing, c'est intéressant de voir les annonceurs.

L'Oréal pour le gel ultra-dur, ben voyons, fallait s'en douter. Qu'est-ce qu'il fait le gel, là ? « Résiste à l'eau et à la transpiration jusqu'à trois fois plus longtemps qu'un gel extrême classique. » Ben avec ça, on est bien avancé. Ah, tiens, une pub pour une Alfa. « Le coupé qui a l'esprit encore plus large », ils disent. Ben voyons… « Tout n'a pas besoin d'être dur pour vous donner du plaisir. » Tiens, tiens, tiens. Ça s'emballe notre affaire. Qu'est-ce qu'il fait le Top Gel Play de Durex ? « Non gras, inodore, incolore et compatible avec tous les préservatifs, il glisse sur tous les préjugés (elle est bien bonne). Nombre de joueurs ? Un, deux, infini et le jeu est terminé quand les deux font la paire. Durex, à vous de jouer. » Ils s'emmerdent pas les *pé*… Les *gués*, je veux dire. Enfin, les gays quoi.

Tiens, la rubrique « Culture », avec Victoria Abril, des écrivains que je connais pas, des danseurs, des artistes, des DJ. Je suis pas dans le coup, c'est clair. Qui c'est celui-là ? Castro ? Un acteur de films porno. Et donc qu'est-ce qu'il a ce garçon à part jouer dans des films porno ? Lire l'encadré… « Avec Castro, pas besoin d'artifice, son énorme machin, d'une épaisseur définitivement bouleversante, s'impose d'emblée comme le personnage principal du film. »

« Une épaisseur définitivement bouleversante. » Tiens, et si je demandais à ma femme si moi aussi, j'ai une épaisseur définitivement bouleversante. Ils sont marrants ces homos avec leur vocabulaire à eux. Les hétéros parlent en longueur et les homos en épaisseur. Et les bi ? Est-ce qu'ils parlent en diagonale, en 3 D ?

Tiens encore une pub pour des slips. C'est la fête du slip ce magazine. Ma parole, mais ils mettent des pommes de terre dedans, c'est pas possible. On dirait des filets à provisions. Je lis trop vite. Il y a un dossier sur les homosexuels en Irak, puis un autre sur leurs difficultés en Israël-Palestine avec un portrait d'Uzi Even, le premier gay élu au Parlement israélien. Tiens, il y a aussi des alter-gay-mondialistes. C'est documenté leur truc, en tout c… C'est intéressant, je veux dire.

Mais qu'est-ce qu'ils foutent avec la bouffe ? J'ai faim !

Tiens, voilà une chronique sur la manière dont on peut débusquer des lesbiennes en vacances, avec les techniques de drague et d'approche… et toutes les catégories de lesbiennes : les saisonnières, les intellos, les cadres sup'. Il n'y a aucun conseil pour les hétéros qui voudraient surprendre des lesbiennes en train de lesbienner. Évidemment.

Et puis l'éditorial de fin de Christine Angot. Je lis juste la fin pour être sûr que c'est comme d'habitude. Que ça ne va pas mieux. « Dans huit jours, ça ira mieux, probablement. Marre, envie de tout lâcher. L'état présent de mon esprit sera peut-être au beau fixe, sûrement beaucoup plus haut que le vôtre même. Mais pour l'instant, déçue, pas bien. Plus confiance. »

Je n'aurais pas pu vivre avec Christine Angot. Je l'aurais rendue malheureuse. En fait c'est elle qui m'aurait rendu malheureux. N'insiste pas, Christine, ce n'est pas possible entre nous. En tout cas pas maintenant. Car je ne peux plus. Trop dur. Trop faim. Une faim de loup. Qu'est-ce qu'ils fichent, bon sang, dans la cuisine ?

— J'ai faim moi ! je crie.

De la cuisine, retentit la voix de Victor :

— Continue à lire *Têtu* et lâche-nous !

Très bien, très bien, je lis.

Je lis *Têtu*.

Mais au fait ? Comment il a su que je lisais *Têtu* ? Sur la table basse, il y a aussi *Match, Télérama* et un bilboquet.

Comment il a deviné ?

Face à Elle

Dans la salle d'attente du pédiatre avec la dernière. Tandis qu'elle joue avec un éléphant à bascule bleu, je suis plongé dans *Elle*. Un vieux *Elle* pris sur une table basse. Prendre un illustré chez un médecin, c'est ridicule. Ça l'a toujours été. Comment lire un illustré alors qu'il est question de vie ou de mort.

Un mal du siècle au dos.

Un harcèlement moral.

Une varicelle qui demeure.

On se plie en deux pour prendre un magazine chez le médecin. Surtout un féminin. Il faut donner l'impression aux autres patients qu'on s'en fout. Donc on ne se lève pas, et on prend négligemment le canard. On feuillette l'air de rien. En fait, on lit ça plus avidement que du Chateaubriand. C'est facile et en plus on sait si on est un bon coup ou si elle va nous tromper avec un connard de Poissons, deuxième décan.

Je lis toujours l'horoscope de ma femme dans *Elle* pour savoir si je dois me méfier. Ou si c'est elle qui doit se méfier.

Voyons ça.

Mariée avec un Verseau du premier décan : « ne le laissez pas sortir seul ». Conjoncture favorable donc. Pour moi.

La petite est en train de filer sa varicelle à tout le monde. M'en fous, je l'ai eue.

C'est injuste. La plupart des femmes qui sont interviewées dans *Elle* le sont non pour ce qu'elles font mais pour ce qu'elles sont. Des femmes. Dans *Elle*, il suffit d'être une femme pour qu'on vous pose des questions faciles. Partout ailleurs dans la presse, on vous demande de vous justifier, d'expliquer pourquoi vous avez menti, de sortir vos feuilles d'impôt et d'être un bon père.

Dans *Elle*, pas du tout.

Dans *Elle*, il faut juste « être » et ça suffit. Et si vous êtes bien dans votre bien-être, alors c'est merveilleux.

J'ai l'air de persifler mais non.

Je préfère les questions de *Elle* à celles de ma femme qui sont d'un niveau de difficulté supérieur :

— Tu as vidé le lave-vaisselle ?

— Tu leur a mis de la crème avant d'aller à la plage ?

— Tu as fermé les volets des enfants ?

— Tu as pris rendez-vous chez le médecin pour tes yeux ?

— T'as descendu la poubelle du recyclable ?

— Tu as échangé les billets SNCF ?

— Y avait de la place dans le Carré Famille ?

— T'en as encore pour longtemps ?

— Pourquoi rentres-tu si tard ?

— Pourquoi tu me dis plus que je suis belle ?

— Tu veux bien me serrer fort ?

— Tu veux me prendre les hanches ? j'en ai envie.

— T'as pris rendez-vous chez le pédiatre ?

Autant dire que les questions de *Elle* à côté des questions de ma femme, c'est une promenade de santé.

En attendant que l'assistante médicale vienne nous chercher, je lis une interview bien-être de Mélanie Doutey dans le *Elle* ramassé sur la table basse. Ne me demandez pas qui est Mélanie, ce qu'elle fait dans la vie et pourquoi *Elle* lui a posé huit questions hyper faciles sur le bien-être.

J'en sais rien.

Ce que je sais c'est que j'aimerais bien qu'on me pose les mêmes questions un jour. J'aimerais bien que quelqu'un m'écoute quelque part. Pourquoi pas *Elle*, après tout. J'ai rien contre *Elle*. J'adorerais répondre aux questions de *Elle*. J'en suis capable et j'ai un besoin immense d'apporter des réponses aux questions que les femmes se posent sur les pères de famille. D'ailleurs, je vois pas pourquoi je me ferais pas ma propre interview avec les huit questions que *Elle* a posées à Mélanie Doutey dans le numéro du 20 juin 2005. Je me demande si je ne suis pas en train d'inventer un jeu de bar pour hommes en mal d'introspection.

Règle du jeu :

Emprunte à ton épouse un *Elle*. Demande aux hommes qui t'entourent d'abandonner une minute leur moignon cellulaire et pose à chacun une question bien-être de *Elle*. Si tu n'as pas d'amis ou que tu es seul, t'as qu'à te poser les questions tout seul.

Je regarde ma montre. J'ai le temps de répondre, le pédiatre a déjà quarante-cinq minutes de retard. OK c'est parti, mais je tiens à retranscrire les réponses de Mélanie Doutey pour que chacun sache que nous, les pères de famille, on peut également répondre aux questions bien-être de *Elle* en y apportant une charge dramatique dont la comédienne Mélanie Doutey est bien incapable. Je vous laisse juge.

Première question de *Elle :*

Prenez-vous un gros petit déjeuner ?

À cette question Mélanie répond par une première provocation : « *Oui, c'est le repas le plus important de la journée pour moi ! En général je prends un kiwi pour la vitamine C, du pain, du beurre, du miel, et je bois au moins un litre de thé. J'adore le thé de chez Mariage Frères.* »

Si *Elle* m'avait demandé, j'aurais dit ça (qui ne me semble pas moins intéressant que le kiwi de Mélanie) : « Le petit déj' devrait être le moment le plus important de la journée mais c'est le pire. Je suis debout à sept heures trente et j'ai quarante minutes pour me laver, me raser, réveiller les mômes, leur faire le petit déj', habiller la grande, ne pas oublier mon moignon mobile (j'oublie la recharge évidemment), la déposer à l'école et être au bureau à neuf heures. Je prends du thé de chez *Casino* et j'y trempe des madeleines marbrées de chez *Shopi*. Quand je suis bien luné, j'apporte une tasse à ma femme qui est encore au lit et je me grouille. La grande est si pénible à habiller que parfois j'ai envie de chialer tellement elle me gonfle avec ses nœuds dans les cheveux. Résultat : on est sans arrêt à la bourre et la directrice de l'école me fait la gueule. En fait, le meilleur moment de la matinée, c'est le café que j'apporte à la secrétaire de mon patron une fois au bureau... »

Deuxième question de *Elle* à Mélanie :
Faites-vous attention à ce que vous mangez ?

Réponse de la Mélanie : *« Je bois énormément d'eau, au moins deux litres par jour. À part ça je ne suis pas de régime particulier. [...] je craque sur un macaron au chocolat (c'est mon péché mignon). »*

Ce que j'aurais répondu à *Elle*. Personnellement : « Si, comme Mélanie, je buvais un litre de thé le matin plus deux litres d'eau dans la journée, je passerais mon temps à pisser. J'ai pas le temps, je suis salarié pas comédien. Pour le reste, je mange pas assez à midi, et le soir j'aime bien le pâté et les fritures, résultat, la nuit, j'ai des brûlures d'estomac et j'ai toujours une pastille Rennie à proximité. Depuis un an, je fais un régime sans tabac : résultat, j'ai pris quinze kilos et je suis bavard comme une pie dans les soirées, au point que ma femme me dit de la fermer, que je soûle tout le monde. Je craque sur les Maronsui's désormais vendus par huit dans les hypers. »

Elle poursuit l'interrogatoire de Mélanie.

Êtes-vous une grosse dormeuse ?

« En fait quand je suis très active en tournage ou en promo, je peux ne dormir que six ou sept heures, mais ce sommeil me suffit car il est réparateur. En revanche, lorsque j'ai moins de choses à faire, je peux dormir énormément. [...] »

Moi, sur le sommeil, j'aurais fait plus court et j'aurais séparé les termes du sujet. « Je suis de plus en plus gros et j'ai de plus en plus besoin de dormir. »

Ensuite, j'ai pas bien compris ce qui leur a pris chez *Elle*, ils ont posé cette question :

Aimez-vous les produits laitiers ?

Et là, Mélanie a joué la transparence totale : *« Non, je déteste le lait ! Alors pour compenser, je prends des yaourts au soja. »*

Moi, je serais tombé dans le piège : « Ben, j'aime bien la cancoillotte, pourquoi ? »

Elle a poursuivi son enquête :

Faites-vous du sport ?

Et là, Mélanie, elle nous a enfin présenté son coach : *« D'abord je n'ai pas mon permis, donc je marche beaucoup dans Paris. Jusqu'à il y a deux ans environ j'étais assez antisportive mais j'ai découvert un coach super sur un tournage, et maintenant je ne peux pas me passer de mes deux à trois heures de sport par semaine. On ne fait rien d'extraordinaire, un peu de cardio, de la muscu pour les bras, des abdos-fessiers, mais j'en ai vraiment besoin. En plus j'apprécie le fait d'avoir un rendez-vous, ça évite les salles de sport dans lesquelles on s'inscrit mais où on ne va jamais. »*

C'était une question fermée, il m'eût donc été facile d'y répondre. Sans détour. « Non. »

Une question plus préoccupante a suivi :

Quels sont vos remèdes contre le stress ?

Mélanie : *« Je suis quelqu'un d'assez stressé. Quand je suis vraiment trop tendue, je prends cinq minutes pour moi seule et je respire. Ma grand-mère était professeur de yoga, j'ai appris à respirer correctement pour évacuer la pression. »*

Respirer cinq minutes par jour, c'est tuant ! Je préfère respirer tout le temps. Je préfère aussi vous parler de ma grand-mère : « Ma grand-mère est née à Mogador, dans les années 20. Elle est arrivée en France avec ses mômes et son mari dans les années 50. Elle a travaillé toute sa vie. Je me souviens du bruit de ses bracelets en or quand elle préparait le thé et qu'elle roulait le verre entre ses paumes pour le faire refroidir, pour pas que je me brûle. Je me rappelle sa proximité intellectuelle avec Patrick Sébastien et Patrice Laffont quand elle regardait la télé. J'ai dans l'œil son gros derrière de juive arabe quand elle passait la serpillière, je me souviens de ses "Aaaaslaaaammmah" quand elle m'ouvrait la porte les soirs de shabbat et de son odeur de beignet au miel quand elle avait cuisiné toute la journée. À vingt ans, elle était blonde et belle. À trente, elle pesait deux fois le poids de Mélanie. À quarante, elle aurait tiqué si on l'avait interviewée pour la rubrique “bien-être” de *Elle*. Le bien-être, c’est quoi ? Un hammam ? Elle savait à peine ce que c’est que d’être bien. Sauf quand elle nous étouffait dans ses bras. Mamie Zazou est morte dans les années 90. La dernière fois que je l’ai vue elle était en réanimation avec des tuyaux dans le nez et elle se rapprochait du poids de Mélanie. Elle a élevé cinq enfants sans broncher et bossé comme une damnée toute sa vie. Quand je l’ai vue à l’hosto, ça m’a angoissé mais j’ai continué à respirer. Je crois qu’elle n’a jamais su ce qu’était le yoga. Et puisque vous ne me le demandez pas, elle n’a jamais su faire du vélo non plus. »

Vous avez d’autres questions comme ça, *Elle* ?

Allez-vous voir un psy ?

« Le dernier psy que j’ai rencontré, c’était il y a quinze ans. Je cherchais du boulot. Elle m’a reçu à la DRH de chez Total et souhaitait vérifier que je n’étais pas venu là par hasard. Quand je suis sorti de son bureau, j’avais la certitude que je trouverais jamais de boulot. Depuis, j’espère qu’elle est morte brûlée vive dans l’incendie d’un puits de pétrole. Cela dit, en me recalant, elle m’a rendu service. Paix à son âme. »

Sans rapport et pour conclure, *Elle* a demandé un truc bizarre à Mélanie :

Quels sont vos réflexes bronzage quand vous partez au soleil ?

« J'ai la chance d'avoir la peau assez mate, donc au soleil, je mets de la crème mais pas beaucoup. En revanche, je me fais un gommage par semaine sur le visage et sur le corps : le bronzage est uniformisé et dure plus longtemps. Et je bois chaque jour un mélange de jus de carotte + jus d'orange que je prépare moi-même et qui me donne bonne mine. »

Mes réflexes bronzage à moi ? « Je m'installe sur la plage avec mes filles. C'est ma femme qui les surveille. Moi je lis *Ce qu'il faut penser aujourd'hui* à moins qu'une vacancière n'arrive à proximité. Les jeunes femmes seules sur la plage ont du mal à se déshabiller d'un coup. Généralement elles s'installent comme si elles allaient camper une semaine. Elles étendent leur serviette. Trifouillent dans leur sac en osier. Rangent à côté d'elles leurs tongs emperlousées et multicolores. Boivent un peu d'eau. Reniflent un tube de quelque chose, regardent autour d'elles. Trifouillent encore dans leur sac en osier. Ficellent le haut. Boivent un peu d'eau (comme Mélanie, en fait). Enlèvent le paréo du bas. Ça prend des heures. Et que je continue à trifouiller mon sac en osier. Tout ça pour en sortir le dernier livre de Marc Lévy. Boivent un peu d'eau. Toujours assises. Faut attendre qu'elles aillent se baigner pour savoir comment elles sont faites. Voilà mes réflexes bronzage. Je regarde les femmes bronzer et s'occuper d'elles avec l'application des célibataires ou la pudeur des adolescentes. J'adore parce qu'il n'y a rien de plus beau qu'une baigneuse qui hésite à entrer dans l'eau et qui en sort comme une reine. »

Mais que fait le pédiatre ? Ça fait trois plombes, j'aurais pu répondre à dix questions de plus si ça se trouve.

Franchement, sans forfanterie, je pense que mes réponses sont plus intéressantes que celles de Mélanie. Pourtant, jamais un père de famille ne sera invité à s'exprimer dans la presse féminine. Ce serait dévastateur. Ça pourrait provoquer une guerre civile. Toutes ces vérités jetées en pâture dans des sacs en osier, sur les plages, de l'île de Ré à Saint-Tropez sans oublier La Grande-Motte.

Une folie !

La vérité c'est que personne ne veut savoir ce que pensent les types comme moi. Au mieux, ce qui est publié dans la presse féminine concerne le témoignage de jeunes divorcés pratiquant l'autofiction égoïste. Le pire c'est qu'ils se foutent de ceux qui résistent, qui tentent d'aller au bout de l'aventure familiale. Ces mecs passent leur temps à vomir en boîte, à sauter des anciens mannequins et se permettent de nous prendre de haut parce qu'on rentre le soir à vingt heures pétantes. C'est facile de draguer nos femmes quand on vit de droits d'auteur, de cachets télé et que *Elle* vous tire le portrait en se pâmant sur votre néo-romantisme bouleversant. Pour faire pleurer dans les culottes, ces imposteurs sont les meilleurs.

Y en a que pour eux.

Salauds.

4 X 4 minutes

Je piaffe, j'en peux plus. Môme c'était pareil au moment d'aller au karting du Jardin d'Acclimatation. J'étais excité comme une puce. Au moins ça, ça n'a pas changé.

J'aime les voitures.

Elle a dit oui, il y a un mois. Elle voulait nous mettre en sécurité pour les vacances. Elle avait peur dans le monospace compact. Elle a dit, tu veux pas qu'on en achète une plus grosse ? Ça s'est fait au moment où je dépassais un trente-huit tonnes, la voiture s'est mise à vibrer et à tanguer dangereusement de droite à gauche. C'est ça qui l'a décidée.

J'osais même pas y penser. Même dans mes rêves. Le budget c'était d'abord les vacances, l'éducation des mômes et la nourriture (les soldes aussi).

J'ai passé plusieurs semaines dans *4 X 4 Magazine* à comparer, étudier les prix, hésiter entre diesel et essence. Et puis on s'est décidés sur un modèle. Et on a pris rendez-vous chez le concessionnaire.

Quand j'entre dans un magasin et que je sais ce que je vais acheter, j'ai les pieds plus légers. Comme si j'étais monté sur ressorts.

Dès que la porte coulissante s'est ouverte, je l'ai vu.

Le Land Adventurer BMX à moteur hybride non polluant.

Gris métal, ça se revend mieux.

Les pneus hyper larges.

Le coffre hyper grand.

Les sièges en cuir.

Le pare-buffle en aluminium.

— On ne va pas prendre le pare-buffle quand même, elle a fait.

— Si, on ne sait jamais tu sais, avec tous les malheureux qui se jettent sur la chaussée. Et puis il y a de plus en plus de cyclistes dans Paris. Soyons prudents, prenons le pare-buffle.

Le vendeur nous observait du coin de l'œil sans moufter.

À vrai dire, j'avais appris toutes les notices par cœur. Je connaissais les concurrents du Land Adventurer sur le bout des doigts. J'étais gonflé à bloc. Même ma femme m'avait dit, je te laisse faire, moi les voitures, tu sais…

Le type s'est levé de sa chaise et est venu vers moi.

J'ai pris ma respiration.

J'ai pris aussi l'air de celui à qui on ne la fait pas.

J'ai regardé la calendre du Land Adventurer, genre, je t'ai pas vu mon pote.

Et il a saisi la main de ma femme.

— J'étais sûr que vous viendriez, madame, je vous attendais.

Il ressemblait à Philippe Douste-Blazy. Il avait cette courtoisie ineffable des grands séducteurs. Pas d'alliance, pas de complexe, pas de calvitie. Une jolie mèche. Et un marché à conquérir. À envahir.

Ma femme lui a tendu la main, visiblement sous le charme.

Il l'a fait grimper dans le Land, un mètre au-dessus du sol. En bas, je les regardais s'enfuir vers les sommets. Je restais, pour ma part, au camp de base, avec les filles.

Bizarrement, ils se sont installés sur la banquette arrière entièrement modulable et là, il lui a servi un boniment auquel j'avoue n'avoir rien compris au début. Plus exactement, j'ai pas pigé pourquoi il lui parlait de trucs qui n'avaient aucun sens.

Pour moi, en tout cas.

— Là, vous appuyez sur ce bouton et vous avez la tablette escamotable qui tombe. Ça plaira à votre grande fille, pour poser ses livres et ses Barbie. Évidemment, il y a les fixe-gobelets et une prise de courant standard pour brancher le lecteur de DVD.

— Mais pour la petite ?

— Le siège bébé a la particularité d'être chauffant et éjectable. En cas d'accident très grave en hiver, le petit dernier a la garantie d'être sauvé en passant par une ouverture dans le toit du Land. La trajectoire est étudiée pour qu'il atterrisse sur le bas-côté et reste au chaud vingt-quatre heures. Au-delà, on ne garantit plus la survie.

— Mais avant l'éjection, il y a quand même des solutions intermédiaires ?

— Évidemment, devinez combien le Land Adventurer contient d'airbags ?

Elle s'est tue. Elle hésitait. Pour la première fois, je l'ai sentie collée par une question technique et pratique. Elle s'est mise à bafouiller comme une première communiante. Elle le regardait avec ses grands yeux verts. Visiblement sous le charme, fascinée par les dangers et les sauvetages qu'il lui promettait.

— Dites un chiffre, n'ayez pas peur, a-t-il susurré en se penchant vers elle.

— Je sais pas, quatre, cinq ?

Il a souri et secoué la tête avec un mélange d'attendrissement et de mépris. On aurait dit Jacques Trémolin un mercredi après-midi au milieu d'une bande de gosses avec des sous-pulls en acrylique.

— Mais, mon petit…

Ben voyons. Bientôt il va mettre les pare-soleil et l'antivol et moi je ne la revois pas avant demain, ma femme. En fait, je commençais à transpirer des pieds. J'ai regardé autour de moi. Partout, au pied de voitures monstrueusement grosses, des hommes attendaient, les bras chargés de documentation que des femmes, seules ou accompagnées de leurs enfants, consentent à redescendre du premier étage de 4 x 4 énormes et bien montés. Les commerciaux y développaient leurs argumentaires sécuritaires et durables sans penser à mal. Au bivouac, les hommes attendaient en frissonnant, à cause de la clim'.

— Vous savez combien le Land Adventurer BMX compte de vrais airbags brevetés et aux normes européennes ? Vous ne savez pas ? Eh bien, vous avez de la chance madame, de ne pas savoir. Parce que vous allez avoir la surprise de votre vie. Il en contient vingt et un, madame. J'ai bien dit vingt et un et le vingt et unième ne sert à rien. Il est dans le coffre pour le chien. Mais j'ai noté que vous n'aviez pas de chien, je me trompe ?

— Si, nous en avons un, un chien stupide.

— Stupide ou pas, il sera en sécurité, je vous le promets.

Ça a totalement détendu ma femme. Elle s'est relaxée d'un coup, reposant son dos sur le siège ; rejetant ses cheveux en arrière. Les yeux fermés. J'étais sûr qu'elle pensait aux filles avec leurs Barbie, leurs jus de fruits vitaminés, nos deux filles bien ceinturées, en sécurité à l'arrière de ce camion familial tout-terrain. À l'abri du monde. Elle envisageait l'avenir avec sérénité.

Le type avait maintenant la main sur son genou.

— Le cuir, madame, vous avez une jupe en cuir ou un manteau en cuir, en plongé d'agneau peut-être ?

Elle a dégagé son genou en souriant fugacement.

Quand même !

Et dans un souffle, elle a acquiescé comme si elle lui faisait une confidence intime.

— Alors respirez, madame, respirez et caressez ! Vous sentez comme la peau est fine, juste ici. On dirait une peau humaine. Chauffante l'hiver, juste au creux de vos reins, vous sentez la douce chaleur de l'hiver envahir le bas de votre dos ?

Sur la pointe des pieds, j'essayais de comprendre ce qui se passait. Je ne comprenais que trop bien.

— Et l'été ? elle a demandé, comme si elle voulait lui prouver qu'elle conservait son sang-froid.

— L'été, madame, l'été, il se passe ceci…

Il a effleuré un bouton qui se trouvait derrière la boîte à gants, entre les deux sièges avant. De là où j'étais, j'ai vu ma femme serrer les genoux et étouffer un cri imperceptible, sauf pour moi qui suis le seul à savoir comment elle fait dans ces moments-là *(a priori)*.

— Vous sentez la brise sur vos jambes ? Climaxtorrida, un procédé novateur qui souffle des microgouttelettes dont vous contrôlez la température. Elles hydratent en même temps vos jambes, quand elles sont lourdes, en fin de journée.

Elle avait désormais le rouge aux joues. Maladroitement, elle a demandé…

— Et pour l'écologie, vous faites quoi. Ça consomme à mort ces gros machins !

— Il y a encore un peu d'essence, il est vrai, s'est-il excusé, sûr de son argumentaire. Mais le moteur est surtout électrique. C'est l'avenir, la voiture durable. Les écologistes peuvent dormir sur leurs deux oreilles.

En prononçant le mot « écologiste », son visage a été traversé d'un rictus monstrueux, comme si ses yeux étaient devenus fous et que l'ombre de son nez sur sa lèvre supérieure avait dessiné une petite moustache de rien du tout. Mais très vite il s'est repris et a dit que la voiture était garantie à vie. Des enceintes s'échappait désormais un nocturne de Chopin.

Les autres maris avaient récupéré leur femme. Certains avaient signé des contrats les endettant sur plusieurs années et étaient repartis avec des Land Adventurer qu'ils s'étaient empressés de cloîtrer dans un garage surveillé par une milice privée.

La concession était vide.

— Ohééé, j'ai dit comme un pauvre Monsieur Seguin appelant sa petite chèvre Blanchette.

Le vendeur est descendu le premier.

Une fois à terre, il a attrapé ma femme comme une plume et l'a délicatement posée à terre. On aurait dit Fay Wray dans la main du *King Kong* de 1933. James Bond Kong s'est tourné vers moi. Et, pour la première fois depuis que nous étions entrés dans la concession, il m'a adressé la parole :

— Vous avez une femme admirable. Vous avez beaucoup de chance, vraiment. Vous avez fait le bon choix.

Ma femme a rajusté sa coiffure et m'a pris à part. Dans la pénombre du soir, alors qu'arrivaient déjà les équipes de traitement de surface essentiellement composées de Maliens extraordinairement placides et dont les bonnets avaient les couleurs du réconfort, elle m'a embrassé comme si j'étais un autre et murmuré ces mots qui, en d'autres temps, m'auraient submergé de bonheur :

— C'est celui-là que je veux.

Le Bové du sperme

Chaque année, ma femme donne son sang et elle a déjà signé un formulaire pour refiler son cerveau à un rescapé de la route. Le mec aura du bol, si ça se trouve, il aura quinze pour cent d'augmentation dans la foulée.

Donner de sa personne pour autrui. Mais comment ? Don d'organe, de moelle épinière, de cerveau, je suis trop lâche. Le don du sang était une option, mais je crains les piqûres. Restait une solution combinant pas mal d'avantages : donner mon sperme, aider des futurs parents en détresse et me masturber pour la bonne cause.

Donner son sperme, il y a des endroits pour ça : les Cecos[1], ça ne s'invente pas.

Lorsqu'il a fallu téléphoner pour un rendez-vous, j'ai pas pu. Ou plutôt j'ai appelé en dehors

1. Centre d'étude et de conservation des œufs et du sperme.

des heures d'ouverture pour être sûr qu'on ne me réponde pas. Je me suis d'abord entraîné à téléphoner seul devant la glace avec le téléphone-chien à roulettes de ma cadette, puis avec un vrai téléphone. Ma femme m'a donné la réplique. J'ai fini par appeler d'une cabine, avec des lunettes de soleil et un bonnet.

Surtout, ne pas laisser de trace.

Surprise.

C'est un type à l'accent guadeloupéen qui a décroché.

— Hum, hum, c'est pour donner... j'ai chuchoté.

— Dépôt ou don ? il a fait d'une voix traînarde.

J'avais pas prévu la question, je pensais qu'on venait, qu'on donnait et qu'on partait. Mais non, il y avait des finesses. J'ai commencé à bégayer.

— Heu, c'est pour le laisser, enfin, ne pas le reprendre quoi, le donner pour tout le temps, j'ai dit. Le donner à des gens qu'en ont pas... heu... pas assez... pas comme il faudrait, je veux dire.

L'Antillais m'a filé un rendez-vous pour la semaine suivante.

— Et la masturbation, je peux me réentraîner ?

— Si vous voulez, mais de toute façon, il y a des analyses avant, vous donnewez pas avant une semaine.

Huit jours plus tard je me suis pointé à l'hosto. Avec le sigle Cecos, on ne dit pas en rougissant :

— Bonjour, je suis un homme en quête de sens, je veux faire une bonne action et donner ma semence et déverser l'engrais de la fertilité sur des terres arides des familles stériles de France. Absolument pas. On dit tout simplement :

— Bonjour, j'ai un rendez-vous au Cecos, aussi sèchement que si on venait déposer les fonds d'un parti politique dans le coffre d'une banque zurichoise.

Je m'apprêtais à faire mon petit numéro avec le Guadeloupéen quand, horreur, je l'ai vue.

Elle était loin. Mais vraiment très loin d'être laide. Je dirais même que pour une receveuse de semence elle était sublime.

Dès que j'ai croisé son regard, j'ai su qu'elle savait que dans quelques instants ou quelques jours j'allais, à quelques mètres d'elle, me masturber avec un sous-plastique.

Précision technique : j'appelle sous-plastique les revues pornographiques qui se vendent par trois ou quatre dans les stations-service avec le papier jaune fluo qui dissimule les crudités et la mention « quatre pour dix euros » imprimée en noir dessus. J'en piquais quand j'étais plus jeune et que le temps me semblait long à l'arrière du break familial.

Bien entendu, elle m'a accueilli avec la sensualité d'un parcmètre. Ça m'a rassuré, mais en même temps ça m'a déçu. J'avais énormément fantasmé sur cette fille jamais rencontrée et qui savait que j'allais pratiquer la masturbation tout près d'elle.

À vrai dire, j'imaginais un autre accueil, genre ça…

— Alors… le grand garçon, il vient donner sa p'tite crécrème aux plus démunis ? Comme il est gentil et mignon le grand garçon. Ouh ! mais c'est qu'il m'a l'air tendu le grand garçon, etc.

Ça s'est pas passé comme ça.

Elle m'a filé plein de trucs à remplir.

Des papiers je veux dire. Avec des alinéas, des cases à cocher et des décharges *(sic)* à signer. Après ça, elle m'a dit que j'allais voir un docteur et elle m'a fait entrer dans une salle d'attente. Et là j'ai compris qu'on était assez nombreux à donner de tout cœur.

En saisissant le *Gala* qui se trouvait sur la table basse, j'ai senti sur mon avant-bras droit — celui que j'allais utiliser pour commettre l'acte — les regards de l'assistance. Et cette obsession qui ne me quittait plus : ils savaient que maintenant ou dans quelques instants ou quelques jours j'allais me masturber à quelques mètres.

Cette pensée me crucifiait.

Tandis que j'attendais, j'ai commencé à oublier la séquence masturbation pour réfléchir vraiment à mon statut de donneur de sperme.

J'ai d'abord ressenti une déception extrême à l'idée de ne pas être rémunéré. Pas que je coure après l'argent, mais je trouve que ça aurait donné de la valeur à mon dépôt. On dit que l'argent doit faire des petits mais c'est encore plus vrai du sperme !

Hélas, on sait que depuis Mai 68 la semence masculine a perdu énormément de sa valeur. Autrefois, la semence des hommes faisait peur aux femmes. Elle leur gâchait le plaisir à cause de l'éventualité d'une grossesse non maîtrisée. Avec la pilule, les femmes ont totalement oublié le sperme pour se concentrer sur leur jouissance. Aujourd'hui, si une femme veut du sperme, ce n'est plus une question de donneur mais une question d'horaire.

— Vite c'est l'heure ! Dépêche-toi, mon génie du col m'a dit que c'était aujourd'hui ou jamais.

Le sperme d'aujourd'hui c'est comme Paic citron, quelques gouttes suffisent et on en trouve partout. Alors qu'elles, bien sûr, avec leur ovule mensuel c'est différent ! L'ovule d'une femme c'est devenu sacré, on attend ça comme une bulle de Benoît XVI. À vrai dire tous les rapports sont inversés. Autrefois les mâles donnaient beaucoup de sperme à une seule femme. Aujourd'hui une femme se contente de peu de sperme et de beaucoup de mâles.

Pendant que je pense à tout ça, je lis dans *Voici* que Angelina Jolie et Sharon Stone adoptent à tour de bras.

Et puis il y a eu ces schémas ravageurs dans les livres de sciences naturelles des années 70 ! On y voit d'un côté le peloton des spermatozoïdes, indifférenciés, tous égaux, noyés dans la masse de leur médiocrité, genre le métro aux heures de pointe. Et puis de l'autre côté il y a l'ovule, cette huitième merveille du monde, cette perle rare dessinée par Gucci et sans laquelle rien n'est possible…

J'allais oublier le porno qui nous a fait tant de mal ! Comment voulez-vous qu'on respecte le sperme si de pauvres types payés au Smic venus des pays les plus misérables se mettent à gicler des litres de liquide frelaté n'importe où, avec n'importe qui et dans des conditions de travail infâmes ?

Le pire ce fut 1992, une année noire : la trahison de Copenhague. Cette année-là, une équipe de chercheurs danois a révélé au monde que la qualité du sperme baissait en raison de l'exposition croissante de l'espèce à des substances chimiques industrielles. Les résultats de l'étude ont discrédité pour longtemps la production artisanale rapidement dépassée par les produits surgelés.

Il y a aussi eu cette chanson stupide de Jean-Jacques Goldman, « Elle a fait un bébé toute seule ».

Très dur à entendre, ça. Très dur.

Pour l'heure, me voilà, donneur cramoisi parmi les donneurs, dans cette salle d'attente aux sièges marron vintage en train d'éviter de jeter un regard à la boursouflure des pantalons qui me font face. Dire que nous allons tous nous masturber tôt ou tard dans cet endroit d'une tristesse à faire débander n'importe quel Rocco !

Au blues du donneur a succédé l'humiliation.

La fille m'a appelé et introduit chez le médecin, un type qui n'avait pas du tout la tête d'un collecteur de sperme. Il a testé mes motivations.

— Vous savez, il y a beaucoup d'appelés mais peu d'élus. Ici on veut de la qualité !

— Mais je suis motivé, vous savez, j'ai glapi en regardant le bout de mes Mephisto.

— Ça ne suffit pas, il faut qu'on vous soumette à des tests.

— Ça fait mal ?

— Non, juste des prises de sang et quelques analyses.

— Des prises de sang ? j'ai gémi…

Quinze jours plus tard j'ai reçu un courrier très aimable du directeur du Cecos. On me convoquait pour un premier versement.

J'ai pensé aux sous-plastique qu'ils allaient me donner. Ils devaient servir tous les jours, certaines pages devaient être collées. Pas question de passer derrière tous ces donneurs. Je suis allé au kiosque de l'hosto. J'ai vérifié que j'avais exactement la monnaie sur moi et j'ai acheté *Penthouse*. Ça m'a rappelé le collège et mes tout premiers achats de *Lui*.

Lui… vingt ans déjà depuis mon premier achat.

Lui a succombé et *Elle* a survécu.

Tout un symbole.

À la réception, la fille m'attendait. En fait elle n'attendait rien du tout. J'ai encore pensé à la masturbation, au fait qu'elle sache que j'y pensais et que j'allais le faire tout près d'elle, à quelques mètres. Elle m'a emmené dans une cabine qui ressemblait vaguement à un box pour chevaux malades et a refermé la porte.

Dans l'obscurité, j'ai réfléchi à l'humanité et au renouvellement des générations. J'ai pensé à mes filles, à ma femme, à la chance que j'avais de les avoir conçues moi-même, sans assistance ni rien du tout. J'ai pensé aux copains et aux copines qui galèrent, aux gens qui adoptent pour pas en faire, à ceux qui en font et qui adoptent. Aux parents du Petit Poucet. À ceux qui font du trafic d'organes pour se payer un bifteck. J'ai pensé à Ra-ôul et à tous ces bébés qu'il a envie de cloner pour boucler des fins de mois difficiles et tirer tout ce qui bouge autour de lui. Sacré Ra-ôul.

Mais très vite le Guadeloupéen a ouvert la porte et m'a salué en souriant. Il avait des sabots blancs, une blouse blanche et il m'a tendu la fiole.

— Vous wemplissez ça, mais attention, pas plus haut que le bow, et il s'est mawé tout seul. Marré, je veux dire.

— J'ai dit merci pour la fiole.

— Vous voulez des illustwés, il a fait.

— Non j'ai mon propre matériel, j'ai répondu.

Il a fermé la porte qui ne touchait pas terre, comme dans les chiottes des films américains, celles où l'on voit les pompes de Tom Cruise quand il est en planque.

J'ai pensé à *Mission impossible.*

J'ai regardé la fiole, misérable petit berceau de verre au design fin de siècle.

J'ai respiré un grand coup.

Et j'ai pris mon courage à deux mains.

Vues à la télé

Ma femme est au pieu avec *Women* de Bukowski, les filles sont couchées et moi je regarde *On a échangé nos mamans* ou *Faut que ça change* ou *Confessions intimes* ou *Vis ma vie au camping*. De toute façon, ça fait belle lurette que les chaînes ne s'intéressent plus à moi. Ce qui compte c'est la ménagère de moins de cinquante ans qui sommeille en chaque femme ou qui roupille crevée sur l'épaule de son jules.

Y a pas photo, les vrais misogynes, les vrais de vrai, ne s'appellent pas Marcel ou Abdel. Les vrais misogynes font de la télé pour la ménagère. Avec la ménagère.

— Maouh, tu me fais bouillir de l'eau ? me crie-t-elle de la chambre.

Tandis que je file faire bouillir de l'eau à la cuisine, vont surgir, hystériques, sur l'écran, des escouades de caissières, de shampouineuses, de culturistes ou de chômeuses presque analphabètes mais minutieusement sélectionnées. J'ai même pas besoin de regarder, suffit d'écouter le programme.

— Aujourd'hui dans *On a rétréci vos cerveaux et dégradé vos compagnes*, Micheline qui ne supporte plus ses enfants et Isabelle, ado boulimique qui se fait vomir plus vite que son ombre, vagit le commentaire. Vont-elles réussir à faire un travail sur elles-mêmes ? poursuit la voix… Nous le saurons avec nos psys Nicole Bernstein et Martin Dupuy-François qui accompagneront Micheline et Isabelle tout au long de l'émission.

Moyennant un peu de reconnaissance pour leur souffrance sociale et un passage TV qui ridiculise leur nom pour plusieurs générations, ces vestales obèses et décolorées échangent leurs enfants, leurs crottes de nez, leur morve, leurs maris débiles et leurs intérieurs dégueulasses pour vingt minutes de notoriété et une consultation gratuite par un psy en mal d'exotisme et de reconnaissance, lui aussi.

Quand j'étais môme, la télé avait parqué les femmes dans une réserve indienne qui s'appelait *Aujourd'hui Madame*. C'était l'après-midi, un générique au clavecin et des filles emperlousées et coiffées comme Emma Peel. Elles discutaient de l'aventure que constituait une sortie entre copines ou des risques de boire un Coca entre filles.

Un jour, l'une d'entre elles a été censurée pour avoir confié passer son permis de conduire sans l'accord de son mari. À l'époque, elles portaient des tailleurs chics, avaient les seins en poire et pesaient moins de soixante kilos pour un mètre soixante-dix.

— Maouh, tu m'amènes ma tisane ?
— Minute, je sors le miel.

Aujourd'hui Madame, c'est désormais toute la semaine en beaucoup plus trash. Sept jours sur sept il y a des crises d'hystérie, des gosses qui se roulent par terre, des gamines qui bouffent des pâtes au caca sans les mains et des caméras qui recueillent toutes ces ordures en pratiquant le tri sélectif à l'envers. Les ordures d'abord. Le reste on coupe.

Hier il y avait *Confessions du tréfonds* en partenariat avec une marque de gel vaginal, demain il y aura *C'est quoi l'amour* et après-demain un animateur qui consomme plus de gel (capillaire) qu'un car de préadolescents viendra au secours de la veuve et de l'orphelin auxquels un VRP peu scrupuleux aura vendu un canapé beurre frais moyennant un crédit qui mettra toute la famille sur la paille et pour longtemps.

Tandis que sur l'écran large Micheline explique avec des trémolos dans la voix que c'est vraiment insupportable des enfants qui n'obéissent pas, je me souviens des mardis soir de mon enfance et prépare le plateau.

Il y a une époque, pas si lointaine, où les petits garçons et les petites filles n'étaient pas échangés par des mamans pétasses dans ces émissions où les prolos en prennent plein la gueule. Ces petits garçons et ces petites filles avaient juste la permission de vingt-deux heures trente. Un type qui s'appelait Eddy Mitchell, installé dans un vieux cinoche où l'ouvreuse roulait des fesses en produisant un joli bruit d'osier, lançait un western ou un film de cape et d'épée. Le surlendemain, dans les cours de récré, les petits garçons et les petites filles se racontaient le film en se fendant la pipe ou en se mettant des pains ou les deux à la fois.

C'était mieux avant.

Tandis que j'hésite entre commencer *Considérations sur la France* de Joseph de Maistre ou poursuivre avec Micheline, le psy vient de faire son apparition. C'est grâce à lui que Micheline va enfin pouvoir s'assumer en tant que mère indigne, grosse et moche, car Micheline a « énormément de tempérament qui ne demande qu'à s'exprimer ». Ce qui est appréciable, c'est que le psy s'adresse à Micheline comme si elle venait de gagner un prix Nobel de littérature. Il faut qu'il arrête sinon Micheline risque de le croire.

Plateau-tisane livré en dix minutes. Je n'aurai pas de pénalité. Je retourne au salon.

À l'époque romaine, on mettait les esclaves dans l'arène et on amusait le peuple qui matait les lions bouffer les chrétiens en mangeant du pop-corn à l'ambroisie. Aujourd'hui c'est les mères de famille de la télé qui entrent dans l'arène. Les caméras font office de fauves et c'est le psy qui baisse ou qui lève le pouce. Mais pendant que je pense à ça, il y a maintenant Isabelle, « actuellement en BTS tourisme », qui est en train de se faire vomir.

Isabelle a vingt ans et pèse quatre-vingt-douze kilos pour un mètre quarante-neuf. Elle vient de s'enfiler quatre cents grammes de macédoine de légumes sous plastique, des chips aromatisées au jambon fumé, trois tablettes de chocolat et s'apprête à rendre le tout sur l'objectif de la caméra qui veut, bien sûr, être au cœur du drame. Le perchiste porte un K-way parce qu'on sait jamais.

D'une voix calme et posée, la psy très douce et très éloquente explique à Isabelle qui pleure comme un veau sur sa maladie, les garçons qui ne l'aiment pas et sa solitude sordide qu'elle devra faire un travail sur elle-même si elle veut s'en sortir. Ça permet à l'émission de terminer sur un brin d'optimisme. Il est vrai que le perchiste est passé entre les gouttes.

Vient derrière, une pub pour une serviette hygiénique nouvelle qui épouse parfaitement et simultanément la forme de la chatte et du string, ce qui avantage énormément les filles qui ont un sexe en forme de string. Mais on va quand même pas se plaindre de ce que le progrès technique a apporté aux femmes.

La télé est d'ailleurs devenue leur empire. Les femmes font la loi à la télé parce qu'elles font la loi dans les supermarchés. Résultat : il n'y a plus un programme pour moi. Mais plutôt des programmes qui se déroulent dans les rayons des supermarchés où évoluent des kyrielles de Micheline accompagnées d'enfants morveux. Tous les soirs, maintenant, il y a une émission avec des femmes mal-aimées ou stériles ou qui n'arrivent pas à se repérer au rayon des fournitures scolaires. Tous les soirs, il y a au moins un talk-show avec une animatrice qui demande si le fait d'avoir été violée par l'oncle Théodore à l'âge de quinze ans a modifié le rapport de Julie au fracas du monde. Tous les soirs, il y a sur un plateau un homme sommé de changer d'attitude et de conduire sur le chemin du bonheur une famille essentiellement composée de Micheline et d'Isabelle. Je te souhaite bonne chance, mon Gégé.

À part la météo et le loto ? Que nous reste-t-il à nous autres ? *Turbo*, le *Grand Prix de formule 1* du dimanche et les infos. Même l'érotique du dimanche soir a été supprimé ; et *Culture Pub* dans la foulée. *Culture Pub*, l'émission subversive qui expliquait aux ménagères de tous sexes à quel point la télé les prenait pour des con(ne)s. Le reste des programmes est squatté par des obèses, des orphelines, des adultérines, des névrosées qui rêvent qu'on les sorte de leur misère, de leur garde-manger et de leur solitude. Des Françaises d'aujourd'hui en quelque sorte.

Je me demande parfois ce que font les « Chiennes de garde » ? À leur place, j'attendrais les programmateurs de chaînes à la sortie des bureaux avec des tartes à la crème ou des bombes à eau. À moins que je les étouffe avec des préservatifs vaginaux ?

Heureusement, sur le câble, il y a un ou deux territoires typiquement masculins qui résistent encore, un peu ; comme le village d'Astérix.

Je pense au Canal 450 avec code parental obligatoire.

Il y a les livres qu'on ne lisait que d'une main. Il y a le Canal 450 qu'on ne regarde que d'un œil, l'autre étant occupé à guetter l'arrivée inopinée d'un enfant qui ne dort pas ou d'une femme qui veut qu'on se couche. Sur le Canal 450, passé vingt-deux heures trente, on ne tombe pas sur Mireille Dumas qui essaie désespérément de soutirer une confidence à Michel Sardou sur l'origine de ses nouvelles lèvres. Il y a certes des séances de boulimie, mais c'est pas les mêmes. Sur le Canal 450, Micheline s'appelle Agrippine d'Amour, Cynthia Love ou Déborah Dynamo et elle a la pudeur de garder ses problèmes par-devers elle et les kilos en trop au vestiaire.

À vrai dire, dans la torpeur estivale de la nuit, j'hésite vraiment entre rester sur le Canal 450 ou me plonger dans ce livre de Joseph de Maistre. En fait je n'hésite pas, mais j'ai peur de me faire gauler.

— Maouh, tu fais quoi… ?

— Ben, je regarde les infos.

Effectivement, et si je regardais les infos ?

Je crois m'en sortir par le haut avec un programme non démagogique, mais j'ai parlé trop vite. Dans l'édition du soir, je tombe sur une mère de famille en larmes, soixante-dix-huit kilos pour un mètre cinquante-cinq, cheveux blonds oxygénés avec anneau dans le nez. J'ignore pourquoi mais on m'explique, sur fond de palais de justice, que Céline va devoir faire un travail de deuil et que seul le temps refermera les plaies du drame qui a touché de plein fouet cette femme un samedi soir. Tandis que tout le monde sanglote y compris l'avocate, une psychologue en Sonia Rykiel revient sur le nécessaire travail de reconstruction intérieure et le soutien apporté par une cellule d'assistance téléphonique via un numéro vert mis en place par la secrétaire d'État aux Droits des victimes, qui, elle, a opté pour un tailleur Chanel.

On devrait créer une télé pour les faits-divers et les victimes. Ça désengorgerait les rédactions et les familles auraient leur cassette vidéo à se repasser le soir au coin du feu. Les ministres aussi. Je dois manquer de cœur, d'écoute, de compassion, de compréhension, de psychologie.

Je ne dois pas être philanthrope.

Cela dit, je suis dur avec la télé, car une à deux fois par an, un programmateur fou propose un documentaire, quelque chose d'intéressant, sans larmes, sans confession, sans psychologue, sans intérieur de rêve, sans pédophile et sans enfant à problèmes. Généralement c'est un carton. L'élite s'étonne de l'audience réalisée, y compris auprès de la ménagère de moins de cinquante ans. Le ministre de la Culture fait un communiqué pour se réjouir. Je me souviens comme ça de *L'Odyssée de l'espèce*, un mardi soir, justement.

— Maouh, tu viens me faire le gorille ? caracoule ma femme du fin fond de l'appart'.

L'élite audiovisuelle semblait tout d'un coup réaliser qu'« elles et ils » étaient moins stupides que les primates du documentaire. Ça n'a servi à rien. L'euphorie a duré trois jours puis Micheline et Isabelle ont refait surface avec leurs enfants terribles, leur salon cradingue et leur macédoine de légumes à manger puis à vomir…

… face caméra, bien sûr.

J'ai éteint et je suis allé faire le gorille.

Famille décomposée

C'était un samedi pluvieux.

La petite dormait. Ma femme et la grande étaient en courses. Pour la sixième ou la septième fois, j'ai re-visionné la trilogie du *Parrain*. J'ai fait comme chez les Corleone.

Pâtes.

Volets fermés pour éviter les reflets sur l'écran.

Une petite grappa.

Les films de mafieux me fascinent. Attention, film de mafieux ne veut pas dire film de gangsters. Dans les films de gangsters, les flics ont le beau rôle ; dans les films de mafieux, les poulets font de la figuration et tombent comme des mouches.

Je sais pourquoi j'aime ces films.

Parce que les hommes y font tout ce que je ne peux plus faire.

Exemples.

D'un coup d'œil ou de menton, un énergumène taciturne au teint hâlé par le soleil renvoie ses filles, sa sœur et sa femme à la cuisine. Tout ça parce que monsieur veut causer à son frère entre quat'z-yeux.

Un jour, j'ai essayé. J'ai dit à ma femme, je veux manger seul au salon. Tu restes à la cuisine avec les filles. Vous vous taisez et quand vous me regardez, vous baissez les yeux.

— Ah ouais ? Et comment on fait pour te regarder en baissant les yeux ? a fait ma femme.

— T'occupe, j'ai blatéré. Tu m'apporteras les plats quand tu entendras mes doigts claquer. T'as compris ? Et pas d'embrouilles.

Elle a éclaté de rire. Pendant une heure, elle pouvait plus s'arrêter. C'est à ce moment-là que j'ai tenté une violence conjugale. Je lui ai montré mon alliance et j'ai pris un air méchant. Je m'étais parfumé au chianti avant.

— Écoute-moi bien, j'ai chicoté. Tu vois ma chevalière, je vais te l'imprimer sur le museau si tu files pas tout doux me chercher des anchois à la cuisine.

Et j'ai levé la main sur elle.

On a beaucoup manifesté, écrit, protesté sur ce cliché de la main qu'une brute lève sur une femme. Mais la main levée, dans un essai, ne signifie pas qu'il y a eu coup. Loin de là. C'est quand la main se rabat sur la pauvresse qu'il est temps de composer le numéro suivant :

01 40 33 60 80[1]

Ma femme qui n'y a jamais eu recours a arrêté de sourire. Elle m'a regardé droit dans les yeux malgré l'interdiction que je lui en avais faite.

— Écoute-moi bien, mon chéri, si tu refais même semblant de la lever, ta petite mimine, tu te retrouves en slip devant un JAF[2], je te liquide ta collection de films de mafieux dans le vide-ordures et tu me revois plus. Tu m'as comprise ou tu veux que je te le grave à la lime à ongles sur ton petit bedon grassouillet ?

J'ai baissé la main. Pas tranquille.

Finalement, j'ai dit : « Pardon, je blaguais ! » Ça m'a permis d'avoir le dernier mot. Depuis cette altercation mineure, je regarde mes films seul et je mange à la cuisine de la nourriture surgelée.

Pour en revenir à ce genre cinématographique, je trouve que le film mafieux permet à l'homme

1. SOS Femmes, le vrai numéro si vous tombez sur un vrai mafieux ou un mauvais con.

2. JAF, juge aux affaires familiales, effectue les pré-castings des émissions de télé-réalité et alimente en faits-divers les journaux d'information du début du XXIe siècle.

d'explorer les vestiges engloutis de son autorité perdue.

Ces films sont l'occasion de se ressourcer dans les valeurs d'autrefois. Ces œuvres portent sur la terre des origines, la famille, la bande, la tribu. Il y a des sœurs, des tantes, des oncles, des beaufs, des mouflets qui courent partout, sans compter les amis de la famille.

Et dans les films de mafieux, les amis ça compte. Si on n'est pas amis, on est ennemis. La preuve ? L'an dernier, j'ai reçu mon bulletin de paie. J'avais pas eu d'augmentation depuis trois ans. Et ça continuait. Je suis allé voir le délégué syndical, un certain Pozzoli. Je lui ai dit un truc à l'oreille. Il est allé voir le DRH immédiatement.

— Ça me contrarie le salaire du petit qui stagne. Je vous le dis, je suis contrarié. Et je n'aime pas être contrarié.

— Écoutez Pozzoli, votre protégé a des évaluations catastrophiques et il crie « *Fuck'o Fuck o' Fuck o'* » dans les couloirs en se prenant pour Joe Pesci. Ça ne passe plus dans un environnement de travail normé et respectueux des droits du salarié comme le nôtre. Il devrait s'estimer heureux de pas être dans le prochain plan social. Vous comprenez, Pozzo…

Un DRH qui saigne par la bouche, c'est affreux,

m'a raconté Pozzoli par la suite. C'est comme ça que j'ai eu l'augmentation.

Mouais…

En fait, j'ai pas eu d'augmentation, le DRH est toujours en place, mes collègues m'adressent de moins en moins la parole sauf pour me demander l'heure et un coach m'aide à reformuler mon projet professionnel dans le sens d'une séparation négociée dans l'intérêt de chacun.

Je n'ai pas de copains mafieux, je les regarde en vidéo. L'amitié mafieuse est trop contraignante, trop archaïque. Elle ressemble aux serments à la vie à la mort qu'on se faisait à l'école. C'est un modèle relationnel qui se passe de parole. D'ailleurs, les mafieux ont horreur de parler, de téléphoner ; la peur d'être écoutés, bien sûr, mais également un goût prononcé pour le silence.

Jusqu'au milieu des années 80, un parrain même invité dans un talk-show parlait très peu. Et puis, je sais pas pourquoi, avec cette mode des confessions télévisées et de la psycho à trois balles, les mafieux se sont mis à jacasser comme des pies. Certains se sont mis à table et l'espèce a commencé à disparaître.

En principe, si les Corleone aiment l'ouvrir c'est plutôt pour bâfrer. C'est aussi ce que j'aime dans ces films : des types surnommés « Poli » ou

« Donny » bouffent toute la journée des petits pains à l'ail. Il y a toujours un hot dog acheté au coin d'une rue dans des vapeurs de bouches d'égout ou un plat de *linguine* et sa recette de sauce tomate, le tout dégusté entre amis sur une nappe à carreaux blancs et rouges. Ils mangent pour tuer le temps (même s'ils tuent pour manger). Ils ont pas honte d'être gros ces types-là. Vous savez pourquoi ? Parce qu'ils ont l'honneur. Et quand on a l'honneur et qu'on est respecté, on peut bien peser cent vingt kilos. Personne ne vient vous ennuyer avec ce léger surpoids.

Côté hygiène de vie, les mafieux ont un secret, quelque chose qu'on a perdu nous autres : ils picolent, bâfrent, fument, et bizarrement ne meurent jamais de maladie cardio-vasculaire. Les mafieux sont comme Dalida et Molière, ils finissent par mourir sur scène.

S'il y a très peu de femmes dans les films sur la pègre c'est qu'elles gâchent l'ambiance. Bien obligé de le dire.

— Sonny, tu vas encore sortir ce soir… je ne vais pas dormir.

Toujours négatives à chouiner. Et puis ces questions idiotes :

— Pourquoi tu as tiré sur ton cousin, il n'avait que dix-huit ans, tu es un monstre Tonino.

Moi qui déteste le sport, j'aurais fait un super mafioso. Pas besoin de faire du roller le vendredi soir avec le troupeau de zouaves sur les voies express. Chez les affranchis, on dégouline naturellement. Il y a de la sueur dans tous les plis de la peau au point qu'il y a toujours un ou deux gros ventilateurs au plafond. La chemise colle au dos, le marcel colle aux poils, les cheveux pèguent[1] aux tempes, les gouttelettes perlent sur le front, les mains sont moites. Dormant peu et travaillant souvent la nuit, le mafieux brûle non seulement des cervelles mais également les mauvaises graisses.

Si je pouvais choisir, je serais mafieux et pas métrosexuel.

Leur vie est tellement différente.

Nous respectons les lois, ils ne respectent que les contrats.

Nous adulons la jeunesse, ils vénèrent un papet de quatre-vingts piges planqué au fond d'une cuisine qui sent le ragoût.

Nous vivons le plus souvent dans l'isolement et le respect du voisinage, ils vivent en famille et tirent sur les voisins.

Nous mangeons des plats allégés, ils préfèrent la cuisine à l'huile d'olive et les beignets.

1. Patois marseillais du verbe péguer : coller.

Nous aimons le soleil, ils passent leur temps à l'ombre.

Développement durable contre mort subite.

Tout nous oppose et pourtant, il y a dans les films de parrains une forme de morale qui enseigne aux hommes qu'ils sont faits pour vivre en communauté, respecter la parole donnée et s'occuper de leurs vieux parents.

Autant dire que pour nous c'est du patois napolitain.

Et moi dans tout ça ?

La dernière fois que j'ai participé à une vendetta ? C'était l'année dernière, en changeant d'opérateur téléphonique. Le dernier type que j'ai tabassé ? Ce devait être en février 1975 dans un bac à sable. Le dernier plat que ma femme ait vraiment cuisiné ? Un œuf dur au tout début de notre relation.

Et ça fait belle lurette que plus personne ne m'a demandé de le protéger.

Seules mes filles acceptent encore ma protection.

Mais je parraine plus.

Je materne.

Daddy blues

Je suis chez Teddy, le tailleur. J'adore traîner des heures dans son atelier. J'aime l'odeur des tissus, du fer à repasser, les rouleaux de doublure qui s'empilent comme des mikados. Teddy fume ses cigarillos là-dedans au mépris du cancer et des normes de sécurité. Il finira par brûler vif au milieu des gabardines et des prince-de-galles.

Et sur sa tombe on inscrira : « Il est mort comme il a cousu. »

Il me fait des costumes pas cher. Il fait fabriquer à Limoges. Je lui fais déboutonner le premier bouton des manches, ça fait sur-mesure. Son fils veut pas reprendre l'affaire.

— Monsieur veut être vebmastère, comme dit son père.

J'ai mué une première fois. Vers treize-quatorze ans. J'ai mué une seconde fois, vers trente-trois ans. C'est Teddy qui s'en est aperçu.

— Vous avez grossi vous, il m'a fait.

— Ah, vous croyez ?

En fait je le savais, mais j'ai fait l'étonné. J'ai commencé ma prise de poids juste après le mariage de Xavier et Grita. Je me souviens de ce mariage, parce qu'il y a eu un avant et un après.

— Je vous fais les petites piqûres tailleur sur le col ?

Sept jours de libations sur une île bien réelle du Péloponnèse. Tout le monde était beau et gentil. Teddy m'avait fait un costume motif léopard pour danser sur le comptoir d'un bistrot. J'avais trente-deux ans. À l'époque, j'étais en semi-érection toute la journée et tout le temps de bonne humeur. Je ne me posais aucune question sur l'avenir. Je ne doutais de rien. J'avais confiance dans les élites de mon pays. Ma femme posait sa tête sur mon épaule et je me gavais de fritures de poisson dans les restaurants du port. Je dormais bien. La journée, j'étais heureux et la graisse des kebabs que je mangeais au goûter coulait aux commissures de mes lèvres. Celle des gâteaux au miel aussi, du reste.

Pas besoin de pastilles Rennie pour m'endormir, juste le bruit de la mer.

Jusqu'à ce mariage, j'ai toujours pensé que l'année d'après serait meilleure. Qu'elle apporterait son lot de consolation et d'espoir pour s'imposer face à la précédente.

Et puis on est rentrés.

Et ça a été moins bien.

J'ai dû arrêter de fumer parce que ma femme voulait me conserver plus longtemps en bonne santé et que j'avais mal à la poitrine. Je me suis mis à pleurer dans les cinémas parce que je trouvais la vie précieuse et tellement touchants les amants séparés par le temps, les kilomètres et le scénario. J'avais la voix qui tremblait en inventant des contes à dormir debout pour les filles. La nuit, je me réveillais en sueur serrant ma femme comme un forcené, lui faisant promettre de ne jamais m'abandonner. Les guerres qui mastiquaient les enfants me dévastaient. Ma messagerie Outlook regorgeait de messages inquiétants me proposant à la fois de bander plus dur avec des pilules moins chères venues d'Europe de l'Est, de secourir un petit Thaïlandais dans le besoin et de me porter caution d'un virement sécurisé en provenance de Sierra Leone moyennant une commission légale d'un million de dollars. Ma messagerie, c'était le monde en réduction. Incompréhensible, spamée de promesses folles et de virus inconnus.

Le soir, on regardait la télé avec ma femme et je mangeais des Maronsui's par quatre en larmoyant sur le sort de *l'Incompris* de Luigi Comencini. Je devenais sensible.

Sensible et gras.

— Les poches de la veste, je vous les fais en biais, hein ? Comme la dernière fois ?

Mes muscles s'atrophiaient, je me traînais vers les photocopieurs et je parvenais à peine à sourire au téléphone. Je devenais paresseux.

Paresseux, sensible et gras.

Il y a des jours où j'en venais à me demander si le mariage de Xavier et Grita avait existé. Si l'île avait un nom, si je n'avais pas rêvé. J'étais nostalgique d'un âge d'or.

Nostalgique, gras, sensible et paresseux.

Tous les matins, comme tous les hommes, je me passais la main dans les cheveux. N'ayant jamais trouvé un gel adapté à mes besoins, j'utilisais la crème hydratante pour le corps de ma femme. Le matin, des millions d'hommes se passent la main dans les cheveux quand les chats se la passent sur l'oreille. Et puis un jour, ils se sont délocalisés. Du sommet de mon crâne sur la paume de ma main. Collés entre mes doigts par le gras de la crème. J'en trouvais d'autres sur les touches de mon ordinateur. Des cheveux en perdition.

Nostalgique, gras, sensible, paresseux et chauve.

C'est à ce moment que j'ai songé à les couper très court, à m'épiler le torse et à porter des slips Dim de maintien. J'ai commencé à me tromper sur mon âge. Puis à tromper les autres.

En slip, nostalgique, gras, sensible, chauve, paresseux et menteur.

— Une doublure qui flashe ?

Et puis j'ai commencé à avoir peur de tout : des plus jeunes, des femmes, des Chinois, des Roumains, des friches industrielles. Peur pour moi mais aussi pour mes enfants, ma femme. J'étais plus effrayé par l'époque que ma femme qui semblait ne douter de rien. Tabac, violence, vol de moignons portables, prion dans les biftecks, pénalisation des abats du boucher, risque de viol conjugal dans un foyer sur dix (je n'étais, moi-même, plus à l'abri), risque de cancer dans tous les corps constitués. Je craignais par-dessus tout de finir comme ces forcenés qui massacrent aux heures de grande audience toute leur famille avant de se tirer une balle dans la bouche. Je me méfiais aussi de la grande qui, à bientôt six ans, aurait très bien pu nous découper tous en morceaux dans notre sommeil avant de convoquer la presse et de faire un quarante-cinq tours.

Physiquement et psychologiquement, j'étais à bout.

J'étais pourtant très entouré : la plupart des marques auxquelles je faisais confiance pratiquaient le coaching et m'adressaient régulièrement des courriers personnalisés ; mon opérateur téléphonique m'envoyait chaque jour plusieurs SMS avec des conseils bien-être et j'avais plus de contacts avec les équipes des télévendeurs de Nespresso qu'avec mes cousins germains. J'avais toute confiance en notre conseiller conjugal, j'avais choisi un excellent médecin référent, proche de mon domicile et nous avions au bureau, en plus du délégué syndical, un psychologue du travail ultra-dispo. Non, franchement, j'étais très bien suivi.

Mais ça n'allait pas. J'étais en forme passive.

C'est précisément, alors que j'étais au fond du trou, que les instituts de sondages se sont rapprochés de moi.

Bataille juridique

— Écoute, je n'en peux plus.

— Méééééééééééh.

— Mets ta culotte toute seule.

— Mais celle-là elle me graaaaaatte !

— Arrête de chouiner, c'est insupportable. Je te le dis : je ne supporte plus les matins avec toi !

— Mais je suis fatiguéééééééée !

— Tu es fatiguée parce que tu ne veux pas te coucher tôt ! Résultat le matin tu es de mauvaise humeur !

— C'est toi. C'est ta faute parce que tu me mets que des pantalons et que moi je veux des robes.

— Écoute ta mère a fait une lessive hier, tes robes sèchent ; tu en mettras une demain.

— C'est toujours pareil. J'en ai maaaaarre. Et en plus tu mens.

— Tu m'ennuies maintenant tu obéis !

— Mais j'ai dit quaaaaatre !

— Quoi quatre ?

— Le trou dans la chaussure, tu dois le mettre au quatrième sinon c'est pas assez serrééééé.

— Ce que tu peux être fatigante !

— Mais tu me respectes paaaaas.

— Je te quoi ?

— Tu me manques de respect.

— C'est quoi cette histoire de respect ? Où est-ce que tu as appris ça d'abord ?

— …

— Tu me dis immédiatement qui t'a appris ce mot sinon tu ne vas pas à l'anniversaire de Tobby mercredi.

— …

— Tu me donnes son nom !

— …

— Attention…

— C'est Anne-Marie.

— Qui ça Anne-Marie ? Y a pas d'Anne-Marie dans ta classe. Y a que des Bérénice, des Cynthia, des Blaise et des Cléophile.

— C'est pas une copine.

— Qui alors ?

— C'est la maîtresse.

— Hein ?

— C'est la maîtresse je te dis, tu comprends rieeeeen, t'es sourd ou quoi à la fin.

— La maîtresse vous a appris à réclamer le respect à vos parents ?

— …

— Je le crois pas. Dis-moi que tu mens.

— Je mens pas. C'est la vérité. Même qu'il y avait la directrice pour dire que c'était une leçon importante.

— J'y crois pas. Et ils t'apprennent quoi d'autre à part le respect ?

— Ben tout le reste.

— Ouais, il pourrait t'apprendre à t'habiller toute seule. Là tu l'aurais mon respect. Mais non, ils préfèrent vous apprendre le respect. Je rêve. C'est l'obéissance dont il fallait vous enseigner les rudiments. Si j'étais à leur place, je ferais une heure d'obéissance tous les matins, deux heures de « Je finis mon assiette ». Je proposerais aussi une demi-heure de « J'enfile ma culotte toute seule », juste avant l'éducation physique. Le respect, pourquoi pas des cours de droit du travail pour attaquer tes parents aux prud'hommes pendant qu'on y est ? Et « manifs », ils font pas des cours de manifs ? Ils sont bons pourtant en manifs, que je sache. Et le cahier de doléances, ils t'en ont pas donné un ?

— Non, mais il y a un monsieur qui a dit qu'on avait des droits et qu'on devait faire attention qu'on nous en prive pas comme du dessert.

— Des droits ?

— Ben oui, si tu me tapes ou que le voisin qui bave me regarde bizarrement, ben je peux appeler un téléphone où c'est le ministre de la télé qui répond aux enfants.

— Mais je te bats jamais !

— Tu vois que ça sert à quelque chose ce qu'ils nous apprennent.

— Bonté divine… ils vous donnent des cours de victimisation !

— C'est quoi la victimisation, papa ?

— Oh c'est simple. Pour commencer, il t'arrive un truc grave. Ça gâche ta vie. Non, ça la brise. Tu souffres énormément. Comme nous avons tous droit au bonheur, tu te sens frustrée et tu exiges réparation. Comme tout le monde s'en fout et que personne ne veut payer, tu crées une association qui regroupe des gens comme toi. Attention, tu exiges d'être porte-parole, sinon ça sert à rien d'être victime. Ensuite au choix, soit tu fais un livre qui se vend, soit tu es contactée par *60 millions de consommateurs* pour une interview, soit tu passes directement au journal de 20 heures où on va te poser une question facile « Mais l'État a-t-il fait quelque chose pour vous aider ? ». Surtout tu réponds que non et là tu as deux possibilités ; soit tu cries, soit tu t'effondres en larmes. Si tu as du talent, tu peux finir chroniqueuse à la télé ou à la radio. Mais attention, il faut rester naturelle[1].

— Je comprends rien ! Ils ont dit aussi que maintenant je peux porter le nom de maman si je veux.

— Tu veux changer de nom ?

— Oui, si tu me mets pas une robe demain !

— Tu ferais ça toi ? Je croyais que tu voulais t'appeler comme Blanche-Neige ?

— Ça c'est pour de faux, mais si je veux quand je serai grande, je pourrai choisir le nom de maman, Na.

— Et c'est quoi le nom de maman ?

— Ben c'est maman !

— Ah. Si tu changes de nom, tu pourras plus être la seule à faire des blagues antisémites dans les dîners chics. Penses-y. En tout cas je t'aurai prévenue.

— C'est quoi antisémite ?

— C'est comme pour le nom, tu as du temps pour le savoir.

— C'est quoi le droit Papa ?

1. Pour mieux comprendre la pensée de l'auteur à propos de la victimisation, lire *Le mur des lamentations — Tous victimes et fiers de l'être !* (Éditions Michalon, 2006).

— Hein ? Mais, j'sais pas moi, tu en as de ces questions. Le droit c'est… Le droit c'est vieux. Au départ on faisait ce qu'on voulait. Ensuite il y a eu le droit du plus fort qui faisait ce qu'il voulait. Ensuite, il y a eu le droit naturel. Le droit naturel c'est le droit que tu as en naissant. Ensuite il y a eu les Droits de l'homme que la France a distribués au monde entier et dont elle est très fière. Tu suis ?

— Mais est-ce que j'ai le droit de mettre une robe ?

— On verra demain. Et qu'est-ce qu'ils t'apprennent d'autre à l'école à part l'anarcho-syndicalisme ?

— Plein de choses.

— Fais-moi voir ton cahier de travail.

— C'est pas un cahier de travail, c'est un cahier de vie !

— C'est vrai, j'oubliais, vous travaillez plus, vous vivez, nuance !

— Beuuh !

— C'est quoi ce truc ?

— Ben c'est une suite logique avec coloriage !

— C'est quoi une suite logique ?

— Ben regarde, tu vois bien que si y a un ovale blanc, suivi d'un carré bleu, d'un triangle rouge, alors, la figure suivante est soit un rond noir soit un rectangle jaune.

— Ah bon ? et pourquoi donc ? Excuse-moi de te poser la question !

— Ben pour les figures, il manque le rond ou le rectangle et pour les couleurs, il faut que ce soit une couleur primaire, et c'est le jaune qui manque ou alors, c'est du noir.

— Ah oui ? et tu vas me dire pourquoi du noir ?

— Ben parce qu'il y avait déjà l'ovale blanc au début. C'est tout.

— Alors là, Mademoiselle Abiker, chapeau !

— Mais, je t'ai dit que j'allais prendre le nom de maman, t'es sourd ou quoi !

Société de consolation

À la maison, ma voix porte de moins en moins. C'est étonnant. Hier j'ai dit à la grande :

— Ça suffit main'nant, tu ranges ta chambre ! ! !

Il ne s'est rien passé. M'a pas entendu.

À mon épouse, j'ai aussi dit :

— J'ai envie d'un écran plat, tout de suite.

— Notre télé est très bien. Mettons plutôt de côté pour un appartement plus grand.

Vaines vocalises, donc.

Il paraît que ça arrive de plus en plus. Certains hommes ne parviennent plus à émettre ne serait-ce qu'un son, même un petit rot de rien du tout ! Des scientifiques disent que le palais change de forme, que les cordes vocales muent et qu'à part des types comme Florent Pagny ou Arnaud Montebourg, les hommes sont de moins en moins audibles. Ben Laden ne parle plus que par vidéos interposées, ce qui traduit d'ailleurs un certain malaise, y compris chez les terroristes.

Pour me faire entendre, j'ai trouvé un moyen. Je participe à des enquêtes. Toutes sortes d'enquêtes. Je réponds à tous les questionnaires qui me sont envoyés par des opérateurs téléphoniques, des fabricants de yaourts, des clubs de gym, des journaux qui souhaitent proposer plus à leurs lecteurs.

Ces gens-là s'intéressent encore à moi.

Pas besoin de crier, il faut juste cocher des cases ou passer un peu de temps au téléphone avec des jeunes femmes très aimables qui se font appeler Charlotte Dupré avec un fort accent marocain. Mais ce que je préfère, ce sont les enquêtes qualitatives, avec panel. On y passe toute la journée.

On arrive le matin.

Ils vous traitent comme un roi.

C'est rémunéré, il y a du café et des viennoiseries et à midi, ils vous emmènent déjeuner. Sans parler des nombreuses pauses avec les mignardises et du cartable offert à la fin. En dehors de ça, ils s'intéressent à vous, posent des questions sur votre vie, vous parlent lentement pour que vous compreniez bien.

Des gens bien et très organisés.

La semaine dernière, j'ai posé une journée de RTT et j'ai participé à une enquête sur les tâches ménagères. C'était un panel composé à la demande d'une marque de savon pour le sol, Monsieur Clean. Monsieur Clean ne change pas. Il a toujours les bras croisés, une iroquoise et un piercing dans le nez, il va finir par être à la mode.

C'est un monsieur à lunettes, avec les cheveux longs autour d'une calvitie qui nous a reçus. On était huit autour d'une table. Les profils étaient très variés et pour une fois je n'étais ni le plus gros, ni le plus grand. Il y avait un très petit à moustache fine ; un gros avec un goitre, des valises sous les yeux et des bajoues ; un plus jeune, imberbe avec des yeux sans sourcils, pas de cheveux et un tatouage sur le crâne. Les autres étaient dans le même genre à part un jeune retraité à l'air futé, la cinquantaine, avec un collier de barbe, des croûtes aux commissures et qui sentait l'ail. J'oublie l'homme sans jambes qu'on n'a pas repéré tout de suite parce qu'il a refusé la chaise qu'on lui proposait. Ce type a eu une attitude détestable pendant tout le séminaire et a passé la journée à nous espionner sous la table. Les autres non plus ne l'ont pas apprécié, du reste. J'y reviendrai.

J'ai pris place près du petit à moustache fine. Il a engagé la conversation tout bas pendant que le sociologue nous expliquait qu'on serait filmés mais que les bandes ne seraient pas rendues publiques.

— La clim' est forte, vous trouvez pas ? m'a dit la moustache fine.

— Oh oui, on supporte le lainage.

— Vous lavez le sol chez vous ?

— Non, c'est ma femme qui fait tout, et vous ?

— Elle veut plus le faire. Je m'y suis mis. C'est pour ça que je suis ici. Je pense que mon témoignage pourra les intéresser.

— Pardonnez-moi mais j'aimerais écouter maint'nant, et j'ai serré ma trousse de crayons très fort sur mon cœur.

Dans un français parfait, le sociologue a pris la parole :

— Nous allons faire une vérification d'usage, mais c'est très important avant de démarrer nos travaux. Y en a-t-il parmi vous qui se rasent au couteau ou qui ont une voiture de sport ?

Personne ne s'est manifesté. Le sociologue a paru soulagé. On a eu l'explication tout de suite :

— Je demande ça parce qu'une fois nous avons eu un Corse qui roulait en Lotus et qui se rasait avec un cran d'arrêt. Ça a faussé toute l'étude et on a été obligés de tout recommencer la semaine suivante.

Cette mise au point faite, les travaux ont pu commencer. Le sociologue a expliqué que son institut était mandaté par Monsieur Clean pour savoir ce que les hommes du XXIe siècle avaient dans la tête au sujet du nettoyage des sols. Chacun s'est présenté sous le regard attentif et amical des autres. Ensuite on a commencé les exercices. Ils nous ont fait passer des photos de femmes.

Des femmes de toutes sortes : des belles, des actives, des paresseuses, des blanches et des noires, des grosses, des refaites, des qui avaient l'air gentilles, des plus âgées aussi. Le sociologue nous a demandé de mettre de côté la photo de la femme qui correspondait le moins au profil d'une ménagère. Le groupe s'est mis d'accord pour sortir du lot une photo de Madonna. Sans hésitation.

Le sociologue a souri, satisfait, et il a posé une question qui nous a occupés toute la matinée :

— Et pourquoi exclure Madonna ?

Il y a eu un silence et puis l'un d'entre nous s'est jeté à l'eau :

— Bah, elle est pleine de thune, elle doit plus rien faire à la maison ! a dit le jeune avec les cheveux violets.

— Donc selon vous, la fortune de Madonna la rend moins sensible à la question de la propreté du sol ? a repris le sociologue en très grande empathie avec nous.

— Pas nécessairement, mais elle a dû confier la tâche à quelqu'un, une société de nettoyage ou un truc comme ça, a fait le type aux bajoues qui m'a tout de suite paru plus sympathique qu'au premier contact (comme quoi).

— Moi je dirais que ça lui rappelle trop ses origines italiennes modestes, a lancé dans sa barbe l'homme au collier.

Le sociologue a soulevé un sourcil et levé une main brusquement, comme si le collier de barbe avait mis la main sur un détail important.

— Que voulez-vous dire avec les origines italiennes modestes de Madonna ? C'est très intéressant ça !

— Ben que quand on est sorti de rien et qu'on vend des millions d'albums, qu'on est une femme active et moderne, libérée comme Madonna on n'a pas envie de se colleter le nettoyage des sols, a dit le collier de barbe.

— On préfère déléguer à des types qui ont fait du mannequinat ou des jeunes acteurs de *soap*, inconnus, j'ai ajouté.

Ça a été l'heure de la pause.

Peu importe en vérité que la carrière de Madonna l'ait conduite à négliger cet aspect de la vie domestique au profit de la signature d'autographes ou de l'enregistrement de disques, ce qui comptait à cet instant, c'est que nous étions tous en harmonie. Fait rarissime, un groupe d'hommes d'origines très diverses avançait en symbiose dans la connaissance d'un profil de ménagère atypique mais en voie de généralisation, en la personne de Madonna. Demain nos compagnes seraient sans doute plus proches de Madonna qu'on ne veut bien le dire. Ce constat futuriste issu d'un travail d'équipe était aussi important pour nous que le contenu de nos conclusions pour Monsieur Clean. Il était également clair que cette question permettait à chacun de prendre sa place dans le groupe et de se sentir bien, en tout cas mieux qu'en arrivant. C'était très réussi.

Seul le type sans jambes, sous la table, faisait la gueule. Il ne voulait pas participer. La moustache a fini par me glisser à l'oreille qu'il était venu pour le fric et puis c'est tout.

— Y en a qui ont mauvais esprit, c'est tout, j'ai dit, faut pas chercher à comprendre.

Ça a été l'heure de la pause.

Ensuite, on a repris trente minutes et on est allés déjeuner de paupiettes au riz et à la sauce tomate. Le sociologue nous a dit de pas prendre de fruits à la fin parce qu'il y avait une surprise dans le hall de l'institut : un abricotier avec des abricots bien mûrs. Ça nous a fait tout drôle de pratiquer la cueillette comme ça, sans y être préparés psychologiquement (j'avais pas cueilli depuis 1977), mais on s'en n'est pas trop mal sortis. Faut juste pas laisser la queue du fruit sur l'arbre.

L'après-midi a été consacré à une étude de cas, à savoir comment Madonna réagirait à différents packagings de Monsieur Clean, couleur, forme, en dosettes, en pastilles, en poudre et bien sûr en liquide. Il y a eu une pause-café.

Je ne reviens pas sur toutes les pauses, mais il faut savoir qu'il y a désormais huit pauses par demi-journée dans les séminaires de formation et panels. À cause de la pollution et du mal au dos, les gens ont de plus en plus de mal à rester assis et concentrés, donc les organisateurs ont pris leurs responsabilités.

Le sociologue nous semblait de plus en plus sympathique et une vraie complicité s'est installée dans le groupe, en partie grâce à lui. Chacun voulait plaisanter avec lui ou réagir le premier à ses questions. Un sacré pédagogue.

Vers dix-sept heures trente, il nous a donné le fin mot de l'histoire :

— Pour tout vous dire, la marque s'interroge sur l'opportunité de deux virages stratégiques importants. D'une part, raser l'iroquoise de Monsieur Clean qui se mettrait à ressembler plus significativement à un métrosexuel et d'autre part, changer son attitude, c'est-à-dire lui décroiser les bras pour le placer dans une posture moins passive par rapport aux tâches domestiques.

On a quitté la salle et le sociologue en convenant que c'était passionnant et qu'on avait tous envie de se revoir. Le type sans jambes était évidemment parti sans dire au revoir.

J'ai juste eu le temps de passer à la supérette, d'acheter un bidon de Monsieur Clean et de rentrer à la maison. J'ai nettoyé tous les sols carrelés de la maison ainsi que la cuvette de nos deux cabinets.

Et le bidet aussi. Évidemment, je n'attendais qu'une chose : que ma femme rentre à la maison.

Fichu besoin de reconnaissance.

Alerte rose

Certains samedis matin, j'ai l'impression de passer ma vie au jardin public. Adam viré de son parc une fois pour toutes, je pensais qu'on n'y reviendrait pas. Ben non, j'y ai droit tous les week-ends.

Avant je n'allais jamais au square. Ses tourniquets, son bac à sable, ses petits vieux à bascule, ça me filait le bourdon. Pire, je considérais que les habitants des parcs étaient des sous-hommes : des gens mal finis, avec un grain. Je ne voyais pas pourquoi ils avaient tous les yeux rivés sur le truc du milieu. Le truc du milieu, mais si, le machin, là, aux normes européennes. Ça vous dit rien cette installation en bois, avec des cordes, une échelle, un toit rouge et ses colonies hurlantes de petits gibbons couverts de Nutella ?

Ils arrêtent pas de le regarder comme si c'était le Centre Georges-Pompidou !

Quel intérêt dites-moi ?

C'est ma femme qui m'a expliqué. Après avoir

mis au monde un gibbon puis deux gibbons, elle m'a fait comprendre qu'elle devait rester le samedi matin en tête à tête avec Cindy Crawford pour une séance de vidéo-gym. Pendant qu'elle et Cindy partaient à la recherche du poids perdu, je devais aller au parc pour aérer les gibbons.

Voilà l'intérêt du machin en bois.

Depuis la révolution industrielle, les mamans de tous les pays développés pensent que l'air des parcs est plus pur que celui des usines. C'est pour ça qu'on est quelques millions dans le monde à passer nos samedis matin au parc.

Cela dit, il faut avoir la chance d'habiter pas loin d'un parc. Ça permet de ne pas prendre la voiture et d'y aller en poussette. C'est sur le chemin du square que j'ai résolu l'énigme. Devinez qui est l'animal qui a quatre pattes le matin, deux pattes à la fin de ses études supérieures et quatre roulettes en plus après le mariage ?

Vous donnez votre langue au chat ?

C'est moi et ma poussette-canne.

Je suis devenu un habitué du parc, moi qui n'y mettais jamais les pieds sauf pour des raisons alimentaires bien sûr : manger un sandwich ou dévorer la bouche de Sabrina, ma voisine en histoire-géo. C'est vieux tout ça. Cela dit, Sabrina doit pas être si vieille que ça. Puisqu'on a (vait) le même âge.

— Papa, je peux jouer avec Julien ?

— Vas-y, ma chérie, mais tu fais attention, souviens-toi, la dernière fois tu as saigné du nez et le petit garçon n'a pas pu marcher pendant cinq semaines.

Le problème du parc, c'est le surveillant.

Il surveille pas.

À part interdire la pelouse et siffler la fermeture, le gardien de square ne fait rien d'autre. Il s'enferme dans sa guérite et lit *Jeune Afrique*. La première fois que je suis allé au square avec la grande, j'ai cru que j'allais pouvoir lire tranquille et consulter mes messages. Ben non. C'était l'inverse. Le gardien téléphonait en lisant. Et moi je surveillais ma môme. Ça ne s'est pas arrangé avec le deuxième enfant. Il lisait deux fois plus.

Et puis j'ai trouvé la combine. Un samedi matin, ici même, il y a deux ans.

— Tu lui rends sa pelle et tu joues avec ton seau !

— Julien, tu prêtes ton seau ! a ordonné la mère de Julien.

— Si elle vous embête, vous me le dites ! j'ai lancé de loin sans la regarder en ouvrant *Ce qu'il faut penser aujourd'hui*.

En fait je repère une mère qui a l'air bien flippée, une qui ne quitte pas son petit des yeux et qui a tout le matériel (je reviendrai sur le matériel). Je vise ensuite le môme, je lui présente la grande et l'affaire est dans le sac. C'est la mère qui surveille les deux.

En jouant comme ça les synergies entre parents, j'ai l'an dernier été informé assez vite des saignements de nez de ma fille. Rien de grave, une descente de toboggan la tête la première. Classique. Quand les parents du petit Hugo me l'ont amenée, elle pleurait beaucoup mais elle avait déjà un Kleenex sur le nez. Je n'ai plus eu qu'à la consoler avec une fraise. Ensuite Hugo a été conduit à l'hôpital. J'ai eu la délicatesse de ne pas m'en mêler. Chacun ses responsabilités.

Pour surveiller les mômes, aucun homme ne peut égaler une femme. C'est impossible et c'est aussi pour ça que je délègue. D'ailleurs, au parc, une femme n'a qu'une idée en tête : faire face à la prolifération de risques multiples comme…

— le développement de la toxicose[1] suite à la dégustation d'aliments séchés au fond du bac à sable ;

1. Le bac à sable est potentiellement, pour les enfants, une source de maladies infectieuses et surtout parasitaires. C'est le cas entre autres de la toxocarose qui est une anthropozoonose due à l'infestation de l'homme par des larves. Ces larves sont celles d'ascaris présentes dans les excréments des chiens, des chats et des ratons laveurs.

— les maladies infantiles du gibbon morveux ;

— l'ingestion de mégots ou de joints abandonnés par des djeuns[1] ;

— les chutes de tourniquet ;

— la perte de râteaux ;

— la déshydratation ;

— le gadouillage.

Bien sûr, le risque majeur reste l'enlèvement. Sans demande de rançon, c'est le pire.

— Papa, je peux prendre un Figolu de la mère de Julien ?

— Oui mais tu dis merci et tu ne bois pas à la bouteille.

Prévenir ces risques exige des femmes une organisation dont les hommes sont encore incapables. Elles doivent d'abord ne pas perdre trop de temps en bavardages. Cela explique qu'au square la plupart des femmes évitent la drague et les rapports sexuels de plein air, trop distrayants. Leur conversation porte donc sur des sujets qu'elles expédient rapidement et qu'elles peuvent traiter par onomatopées successives.

Un jour que je lisais tranquillement sur mon banc, à quelques mètres d'un autre banc, j'ai pu capter, grâce à des vents favorables, l'échange crypté suivant :

1. Variété de jeunes singes dans la famille des paresseux.

— Vous en êtes à combien ?

— Six.

— Vous savez ce que c'est ?

— Je préfère ne pas le savoir.

— Et vous avez trouvé la solution pour plus tard ?

— J'ai recruté quelqu'un de très bien.

Au début, j'ai cru à une conversation entre deux francs-maçons. En fait non. Il fallait comprendre que l'une des deux en était à six mois de grossesse, qu'elle ne voulait pas connaître le sexe de son enfant et qu'elle avait recruté une nounou très bien. Là où deux hommes en auraient eu pour des heures et se seraient lancés dans des débats sans fin sur la fraternité ou le devoir de charité envers son prochain, ces deux femmes optimisaient leur temps de parole pour mieux surveiller leurs enfants.

Exactement comme la maman de Julien qui surveille non seulement ses enfants mais également les miens.

Ben oui, je lui ai aussi confié la dernière qui dort dans la poussette. En fait elle l'a regardée une minute tout à l'heure, j'en ai profité pour garer la poussette de la petite juste à côté de la sienne.

Elle est vraiment très bien la mère de Julien. On n'a pas eu besoin de se parler. Dès qu'elle a vu que les gosses s'entendaient bien, elle est passée en mode double-surveillance. Et surtout, elle est venue avec tout le matériel. C'est fou ce qu'elles sont équipées pour affronter le danger, nos mères de famille occidentales. Les Afghanes ou les Somaliennes sont bien moins prévoyantes en comparaison. Quand je fais l'inventaire du paquetage des mamans au parc, ça me rappelle mon service militaire dans le train[1] :

Couches de rechange.

Recharges de compotes en tube.

Paquets de Figolu.

Ration d'eau minérale normale.

Ration d'eau minérale Hépar, si le petit a la diarrhée.

Gourde de jus vitaminé.

Cartouches de Kinder avec juste ce qu'il faut de lait, de sucre et de cacao.

Pansements.

Couverture de survie.

Biberons d'eau chaude, tiède, froide.

Couverture de survie dépliée à proximité d'un cheval à bascule.

Mines antipersonnel (pour les pédophiles).

1. Faire son service dans le train ne consiste pas à voyager dans le train mais à l'effectuer dans l'arme du train. On peut vivre sans le savoir.

Pour en revenir à la mère du petit Julien que je regarde de loin, car nous nous sommes installés sur des bancs opposés, c'est une femme superbe, plantureuse et qui m'a l'air très angoissée à l'idée qu'il arrive quelque chose aux enfants. C'est une excellente recrue.

Son visage me serait presque familier.

Elle monte très bien la garde et si un jour les cartouchières sont à la mode, comme les treillis, je suis sûr qu'elles lui feront un joli Cœur Croisé. J'ai appris à aimer le square pour ces mères de famille qui s'y pointent au saut du lit et achèvent de s'y réveiller. Elles sont un peu négligées, oublient sur leur banc de croiser les jambes libérant parfois un joli Petit Bateau qui vogue, immaculé, sur la ligne de flottaison de mes fantasmes. J'aime aussi le square parce que j'y observe des hommes en phase d'évolution, comme moi. Je les méprise énormément.

Le plus souvent réformés, chétifs, myopes ou simplement parce que anciens coopérants, ils ne viennent au parc qu'en hiver au cas où l'on aurait besoin d'eux pour aspirer la morve avec des mouche-bébés. Eux aussi semblent incapables de surveiller leurs enfants efficacement. De toute manière, ces jeunes pères sont très peu nombreux à savoir se battre et font une confiance aveugle à l'État et au Medef pour les protéger. Ils sont incapables de tordre le cou d'un lapin pour se nourrir. Certains s'évanouissent même à l'idée de manger du civet. Ces bouffeurs de corn flakes passent le plus clair de leur temps à scruter les cours de Bourse sur leurs moignons mobiles. Pendant ce temps-là, leurs épouses montent la garde.

— Papa, tu veux goûter mon gâteau aux feuilles d'arbre ?

— Humm, miam, miam, succulent !

La mère de Julien a dû se réveiller cette nuit à cause d'un nourrisson allergique au lait[1]. Son mari est à Zurich ou Milan pour affaires. Elle est seule sur le théâtre des opérations occidentales, elle est bien fatiguée la maman de Julien à force de se taper toutes les corvées. La manche de son tee-shirt découvre la marque du BCG, la jupe se retrousse et le bassin accuse un mouvement vers l'avant ; la tête bascule vers l'arrière et ses paupières se ferment sous la clarté du soleil. J'imagine une marque d'oreiller sur sa joue droite et quelques miettes de sommeil sous l'œil gauche. Elle sort ses petits pieds de ses ballerines et caresse le

1. Les laits d'origine végétale à base de soja ou les laits provenant d'autres espèces de mammifères, les préparations maison ainsi que les diètes élémentaires sont des alternatives validées pour les enfants souffrant d'allergie au lait de vache.

sol chaud du bout de ses orteils vernis qu'on prendrait pour des radis croquants. La mère de Julien respire si lentement que sa poitrine ressemble à l'envol placide d'un couple de zeppelins hétérosexuels.

Les enfants sont désormais placés sous ma seule surveillance, autant dire qu'ils sont en danger. Il y a de moins en moins de pervers dans les jardins publics. Beaucoup finissent par s'en sortir. Ils se marient, font des enfants et vont au parc. Plus besoin d'imper, de braguette ouverte ou de langue pendante : une paire de Mephisto, un journal, un Palm Pilot, deux enfants qu'il faut aérer tous les samedis et hop, l'histoire recommence. En plus contemporain.

Dans une cassette vidéo terroriste « X » réalisée par moi, les choses se passeraient très simplement. La mère de Julien dirait à Julien d'aller jouer avec ma grande sans réveiller ma petite qui dort gentiment dans la poussette-canne.

— Allez, zou, la marmaille !

On rejoindrait pas loin du tourniquet japonais notre couverture de survie, à l'ombre de ce chêne et c'est là, sur le gazon verdoyant, que nous en oublierions nos angoisses sécuritaires et dégoupillerions de très humides baisers. On se ferait mutuellement exploser à force de caresses…

La mère de Julien et moi, deux kamikazes lubriques, gagnerions le paradis au moyen d'un attentat à la pudeur.

SPOUNCHE !

« Spounche » est le bruit que fait ma fille en chutant d'une hauteur d'un mètre soixante sur un revêtement aux normes européennes. Bien évidemment, si j'avais été plus précautionneux, je n'aurais pas rêvé de culbuter la maman de Julien sur son tapis volant en laissant mes enfants sans surveillance. Si j'avais été un bon père paranoïaque, j'aurais lu *Family Risc* et notamment ce dossier spécial aires de jeux et normes européennes : « En général, les installations sont adaptées pour des enfants de plus de deux ans, ce qui est indiqué. On trouve obligatoirement sur les panneaux, en plus de l'âge, le nom de la société qui s'occupe de l'entretien et un numéro de téléphone à appeler en cas d'urgence. Il appartient aux parents d'orienter l'enfant vers le jeu qui lui est destiné, *a fortiori* quand il ne sait pas lire. Ils doivent aussi surveiller constamment l'enfant qui joue. Même si les jeux satisfont aux normes de sécurité européennes, on ne peut prévoir les situations particulières. Il faut donc garder un œil sur eux en permanence. Autre recommandation :

éviter de faire porter aux enfants des vêtements avec des cordons et des écharpes qui peuvent se coincer et provoquer un étranglement. »

— Ouiiiiiinnnnn, j'ai mal, je veux un pansement !

La mère de Julien est bien sûr arrivée sur les lieux avant moi. Elle a déjà dégainé son moignon cellulaire en cas de saignement des oreilles ou du nez ainsi que tout le nécessaire de survie, à savoir des pansements et un Kinder Surprise avec juste ce qu'il faut de lait, de sucre et de cacao. Tandis que larmes et cris cessent immédiatement à la vue de l'œuf en chocolat, je m'approche de la mère de Julien. C'est l'occasion de la remercier de son efficacité et d'évoquer les fameuses normes européennes qui chaque jour sauvent la vie de milliers d'enfants innocents mais imprudents.

Je m'approche donc pour lui décerner la croix de guerre de l'intervention rapide. Et c'est maintenant que je la reconnais.

— Sabrina ? Non ? Si ?

— Si !

— Mais qu'est-ce que tu fais là ?

— Ben, j'aère mes enfants ! Et toi ?

— Moi aussi.

— Alors qu'est-ce que tu deviens à part les enfants ? T'es marié ?

— Ben oui. Toi aussi apparemment !

— Ah non, terminé ça ! Je l'ai viré. Il ne s'occupait pas de ses gosses…

— Comment est-ce possible ?

La pensée cacahuète

L'autre jour, on a dîné chez des amis.

Chaque épouse était venue avec un homme sans intérêt.

Son mari.

Pendant que les types attendaient l'heure du cigare en se retenant de consulter leur moignon portable et en mangeant des chips et des olives fourrées, les épouses ont commencé à parler de la scolarisation des enfants et des dangers d'une mixité sociale excessive sur le niveau de leurs petits surdoués. À un moment donné, j'ai dit comme ça, juste pour essayer de dire un truc, que ces chips à l'ancienne étaient délicieuses, remarquablement craquantes et finement salées.

Je ne parlais pas nécessairement à quelqu'un, c'était juste pour être positif et tenter un sujet moins lourd que les ghettos scolaires ou la politique.

Cela a provoqué une réaction en chaîne.

— Les hommes et le grignotage ! Jean-Baptiste est pareil, il mange les M & M's des enfants aux cabinets en jouant avec leur Game Boy !

Cela commençait à sentir le roussi pour nous autres. Pourtant on ne disait rien. On soupirait, c'est tout. J'ai cru que la moutarde allait leur monter au nez et qu'on allait se faire morigéner juste à cause de ma sortie sur les chips. Les autres types m'en auraient voulu à mort. Ils n'avaient déjà pas envie d'être là, mais si en plus ils devaient se faire enguirlander par la faute d'un débile qui aimait les chips finement salées !

— Le mien, c'est les Springles, si tu voyais le canapé à la fin de *24 Heures*.

24 Heures, cette série est le seul sujet de non-conversation qui réunit aujourd'hui les couples équipés d'un lecteur de DVD et dotés d'une carte de Vidéo Club. Ils passent huit heures devant la télé le samedi soir, ne se parlent pas, et quand ils sortent encore chez les autres, ils sont tout heureux d'annoncer qu'ils ont au moins un sujet consensuel : se taire tous les deux devant la télé huit heures de suite. Franchement, pourquoi aller voir un conseiller conjugal quand on a la saison 4 de *24 Heures*, je vous le demande ?

Mais revenons-en aux miettes et aux chips apéritives.

— Laurent c'est pire, mais avec des olives qui

tachent a prévenu Vanessa, la femme du type qui s'appelait Laurent et qui regardait les moulures du plafond.

C'est à ce moment-là que le labrador de nos hôtes est arrivé croyant que ça allait être son tour, à cause des croquettes de poisson qu'il renversait tout autour de sa gamelle quand il boulottait trop vite. Les chiens sont sensibles aux intonations de voix de leur maîtresse.

Alors, un des types, persuadé qu'il n'était pas un chien, a sorti un cigare, contre toute attente. On n'était même pas passé à table et il n'avait pas demandé la permission, ce fou. J'ai cru qu'on allait tous payer pour lui et se faire sortir. Mais pas du tout. Sa femme a juste lancé à l'hôtesse…

— T'es sûre que ça ne te dérange pas, sinon je lui dis d'arrêter ? !

— Mais non, je t'assure, William fume aussi.

Le type se vengeait sournoisement, en silence. Cela me l'a rendu sympathique, mais je n'ai pas su lui dire. L'apéro durait et on a parlé politique. Il faut dire que maintenant tout le monde aime la politique moderne. C'est tellement sympa.

Depuis quelques années, c'est devenu un truc amusant. Les actions de transformation urbaine du type Paris Plage se multiplient. Journée sans vélo, Journée de la femme, Journée des amis de la femme, Journée des journalistes, Journée de la mer. Les journées sont tellement utilisées qu'on est depuis peu passé aux nuits blanches. Le calendrier en est devenu trop étroit.

J'ai toujours pensé que la communication sauverait la politique de ce réalisme triste dans lequel l'enferment la technocratie, le volontarisme et la gestion publique. Je pense qu'aujourd'hui on a beaucoup plus de moyens techniques pour ravaler la réalité que vivent les gens. Ravaler, je veux dire transformer. Cela dit, il y a des ravalements très réussis. L'an dernier, ils ont complètement réaménagé l'Élysée pour en faire une crèche pendant vingt-quatre heures. Ça a provoqué un déclic et toutes les villes ont doublé leurs capacités dans les six mois qui ont suivi. Il y a aussi eu l'opération un Airbag pour les motards, au Cirque d'hiver, avec pour objectif d'équiper tous les platanes d'un dispositif sécurisé d'ici 2040. Il y a même eu signature d'une charte avec engagements de faire un bilan d'étapes tous les six mois sur une période probatoire de trente ans. Le ministre a même annoncé la création d'un troisième observatoire de la route, le premier étant désormais saturé et le second en voie de l'être.

Entre les journées, les nuits et les observatoires, la politique a vraiment repris ses droits au cœur de la cité. Me disant cela j'ai repris trois

Apéricube aromatisés au piment et au jambon et j'ai sympathisé avec le labrador acheté pour des raisons de standing. Sous les ongles, j'avais du fromage que j'ai essuyé dans son pelage tout en le caressant.

Abandon de souveraineté

La semaine dernière, j'ai ramené des rillettes roumaines à la maison. C'était une offre spéciale de *Super U.* Elle me les a fait ramener et échanger contre des brocolis frais.

— Plus sain, elle a dit.

C'est pas qu'elle n'a pas confiance, mais elle veut le meilleur pour toute la famille, pour les enfants et pour moi dont le cœur s'entoure progressivement de graisse avec le temps et les excès de toutes sortes.

— Si je te laisse faire, je ne te garderai pas longtemps en vie, a-t-elle coutume de prédire.

Elle se méfie de ma façon de choisir les fruits, de réserver les billets de train ou de surveiller les filles à proximité d'un point d'eau ou d'une piscine. C'est pas qu'elle veut tout faire. Non, mais elle fait tout tellement mieux que moi que c'est pas la peine que je tente quelque chose, que je prenne une initiative.

Je suis en train de devenir son collaborateur, son assistant. On travaille ensemble avec des listes ou des Post-it qui m'indiquent la marche à suivre.

L'autre jour je lui ai fait une blague.

J'ai dit que j'allais acheter des vêtements aux filles. Elle s'est retournée d'un coup, comme si je lui avais piqué les fesses.

— Meuh non, je blague !

Mon père date sa mise sous tutelle conjugale de son départ en retraite. Il était directeur du personnel d'une société qui fabriquait des télévisions. Le lendemain de son départ, ma mère a commencé à lui confier tout un tas de menus travaux, maintenant il est débordé. Ma mère sait parfaitement comment organiser son temps.

Au moins mon père sait-il dater sa mise sous tutelle. Moi je ne peux pas. C'est le flou total ! J'ignore quand j'ai précisément perdu le contrôle de la situation.

Quand j'ai rencontré ma femme, on était tous les deux étudiants. J'étais autonome. Je traversais l'Europe en train sans problème, je savais remplir un papier administratif, j'ai même pointé six mois aux Assedic, c'est dire si je savais faire des trucs. Je lavais mon linge moi-même dans les laveries automatiques.

Un jour, on a décidé de s'installer ensemble. Je suis allé chez elle.

Je ne me souviens pas que ce soit arrivé dans son petit studio ni à l'occasion de notre voyage au Mexique sac au dos. À cette époque, je décidais des itinéraires et du choix des restos. Je mangeais ce que je voulais et elle m'écoutait avec patience lorsque je lui déclamais de longs extraits du *Lonely Planet* en faisant croire que je connaissais Oaxaca comme ma poche.

En fait, il paraît que tout se joue au moment de l'emménagement dans un appartement commun. J'ai plein d'amis qui proposaient à leur fiancée de s'installer chez eux en pensant bien faire. Résultat, elles leur ont fait quitter leur logement à cause de mauvaises vibrations[1].

Il y a aussi la question de l'hygiène et du linge. Elles n'ont pas les mêmes standards. Elles sont plus exigeantes. Je suis passé d'une lessive hebdomadaire seul, à trois en couple puis à huit avec deux enfants. Ce sont elles qui donnent le rythme, la cadence, il n'y a plus qu'à suivre.

Pendant quelques mois, elles donnent le change : ménage, courses, promenades, elles vous

1. En fait, elles n'apprécient qu'à moitié que leur mari ait fait chambres d'hôtes avant de les rencontrer. Elles préfèrent créer leur propre gîte.

laissent prendre des initiatives. Je me souviens même que je cuisinais plus souvent qu'elle pour épater ses copines et faire bonne impression quand ses parents venaient dîner à la maison. À l'époque, déjà, j'étais sensible aux compliments qui flattaient ma propre féminisation.

— Oh, mais c'est un vrai cordon-bleu ce garçon ! disait ma belle-mère.

— Tu as trouvé la perle rare ! ajoutait mon beau-père.

— Ah, les hommes de la nouvelle génération ! poursuivait la grand-mère de ma femme, la mère de mon beau-père.

— C'est sûr que toi tu n'as jamais su te faire cuire un œuf ! persiflait ensuite ma belle-mère en visant mon beau-père qui prenait un air penaud.

— Il est vrai qu'à mon époque on n'en faisait pas autant, j'ai pas vraiment de souvenirs de toi en bas âge, il a dit en regardant sa fille.

— Et on n'était pas aidées comme vous l'êtes aujourd'hui par des maris courageux, ajoutait ma belle-mère en direction de sa fille mais également de son mari.

C'était au début de notre mariage. J'avais encore envie de faire bonne figure et d'agir. Mais je sentais le pouvoir m'échapper.

Quand est-ce arrivé ?

Je sais plus, je me souviens juste de la phrase qui a tout déclenché :

— Laisse, je vais le faire, elle a dit en soupirant.

Bien sûr, je l'ai laissée faire. J'ai bien fait car elle s'en occupait mieux. Ma femme lave plus blanc. C'est un fait. Lénine a perdu peu à peu le contrôle du Parti en abandonnant la nomination des cadres à Staline. Moi j'ai abandonné les lessives à ma femme et j'ai perdu le contrôle de ma vie.

Dès qu'on lâche la lessive, on est cuit.

Elles choisissent ce qu'on lave, quand on le lave et elles vérifient les poches au cas où on y aurait laissé un permis de conduire, de l'argent ou un numéro de portable anonyme.

J'ai tenté de me refaire sur les courses. Les commissions, je veux dire. Le samedi après-midi, j'allais chez *Super U.* J'avais la carte, je faisais des points avec les achats. Je visais un beau masseur de pieds hydraulique. Celui qui bouillonne sous la plante des pieds.

Pour faire des points avec ma carte *Super U*, j'aurais rapporté n'importe quoi à la maison. Et donc j'ai rapporté n'importe quoi :

Fruits tombés.
Biftecks de second choix.
Apéritifs ultra-gras.
Biscuits fourrés.

Plats surgelés aux emballages bariolés.
Pains au chocolat en conserve.
Cancoillotte.
Cancoillotte aux noisettes et chocolat[1].

Jusqu'aux rillettes roumaines.
L'erreur de trop.
La faute de goût.
Pire, la catastrophe sanitaire.

Avec des enfants à la maison, il est impensable d'infiltrer des rillettes roumaines dans le frigo. Autant faire classer l'appartement Seveso[2]. Si on me laissait faire, j'empoisonnerais toute la famille. Elle ne l'a jamais dit comme ça, mais j'ai bien compris.

Au niveau des tâches ménagères, j'ai été rapidement mis sur une voie de garage. Elle m'a envoyé au parc avec les enfants le samedi. C'est tout juste si elle ne m'a pas mis un badge avec notre

1. Nutella.

2. La directive européenne 82/501/CEE du 24 juin 1982, nommée Seveso, porte sur la prévention des accidents majeurs dans les installations industrielles. Elle prévoit la mise en place par les États d'un dispositif de maîtrise des risques présentés par les industries telles que la chimie, les raffineries, le stockage de produits toxiques ou de gaz liquéfiés susceptibles d'être à l'origine d'incendies, d'explosions ou de relâchements de gaz toxiques.

nom et notre adresse au cas où l'on se perdrait sur le chemin. L'arrivée des enfants parachève la répartition des pouvoirs au sein d'un couple. Leur éducation, leur alimentation, leur santé, leur aération, le suivi juridique, financier, social, fiscal et parfois prud'homal des nounous et, bien sûr, les vacances sont autant de sujets qui supposent des talents naturels que la femme mobilise plus vite, mieux et quasi instinctivement. Avec les enfants, je suis consulté mais mon avis n'est qu'indicatif. L'autre jour ma femme a donné une interview à *Parents*. Ils ont titré : « Je décide, il exécute. »

Je lui ai dit : « Tu exagères quand même ! »

— Mais c'est une phrase sortie de son contexte, elle a répliqué, histoire d'arrondir les angles.

Tu parles !

Cela dit, la formule choisie par *Parents* et reprise plus tard par le président de la République[1] résume assez bien nos déplacements en voiture.

— Tu devrais ralentir.

— Mais je suis à cent trente.

— T'as pas besoin d'être en quatrième alors. Passe donc la cinquième.

— Mais j'ai besoin de reprise pour doubler ce poids lourd !

1. Intervention télévisée du chef de l'État du 14 juillet 2004.

— Qu'as-tu besoin de te presser, on arrivera quand on arrivera.

— J'aimerais bien écouter *Émilie Jolie.*

— Non, les enfants dorment, ça va les réveiller. Avale plutôt ce café pour pas t'endormir.

— Mais j'ai pas sommeil et j'ai pas soif ? !

— Justement, c'est quand on n'a pas soif qu'il faut s'hydrater, après il est trop tard. À force de ne pas boire, tu vas finir par avoir sommeil. Tu devrais rétrograder. Double-le lui, il a rien à faire sur la file du milieu.

— On est où, là ?

— Sur la file de droite, tu es en codes, plein dans cent trente-cinq kilomètres, vingt-sept mètres au-dessus du niveau de la mer, localisation D3-F5 (sur la carte Michelin), on approche de chez mes parents.

Franchement, à quoi me servirait un GPS ?

Je ne me plains pas.

Depuis que ma femme a pris le contrôle des opérations, je dors mieux, je suis plus détendu. Si, par exemple, je me laisse aller, j'ai tout de suite des éléments correctifs pour améliorer la situation.

— Tu t'es lavé les dents ?

— J'ai oublié, dis donc, heureusement que tu m'en parles.

Ou encore :

— On s'est bien amusés au parc !

— Tu leur as donné à boire ?

— Bien sûr.

— Et les biscuits ?

— Heu, je croyais qu'ils étaient pour moi, j'ai tout mangé.

— Il faut tout t'écrire, ma parole.

Toutefois, à l'instar d'un président sous la IVe République, j'ai conservé quelques signes apparents du pouvoir. Ainsi, je lis l'histoire du soir aux enfants, avant qu'on éteigne la veilleuse. Comme ça, ils ont l'impression que c'est moi qui fais le jour et la nuit. Pour les enfants, mon épouse et moi maintenons les apparences. Outre une proximité rare avec Babar l'éléphant, Franklin la tortue et Winnie l'ourson, je dispose d'un pouvoir que la Constitution n'a jamais reconnu à ceux qui inauguraient les chrysanthèmes. Je veux parler du pouvoir de culpabilisation. Car le perfectionnisme des femmes à vouloir être autonomes, rendre heureux enfants et mari, tout ça avec des journées qui ne contiennent que vingt-quatre heures, n'est que la résultante de leur ambition dévorante d'être des mères, des épouses et des amantes parfaites. Cette ambition qu'elles portent comme une croix ou une Légion d'honneur, selon les jours, est un vrai talon d'Achille.

Il suffit de viser juste.

Quand elle est trop forte, quand elle m'agace par son excellence, quand son perfectionnisme et sa réussite professionnelle et domestique atteignent les limites du supportable, j'utilise trois armes de culpabilisation massives.

Pour frapper fort, je pose une demi-journée de RTT pour être sûr d'être rentré à la maison avant elle. Je regarde des programmes stupides à la télévision avec les enfants en distribuant des crocodiles en gélatine jusqu'à ce que j'entende le bruit de sa clé dans la serrure. À ce moment-là, j'éteins, je cache les crocos sous les coussins du canapé et je m'empare d'un livre d'exercices pour surdoués. Je prends l'air inspiré, serre les deux enfants sur mon cœur et fais mine d'ignorer sa présence au milieu du salon :

— Alors les enfants, si on s'en tient à cette suite logique de trapèze et de losange, quelle sera la figure qui conclura la série ?

Pendant que les enfants se demandent ce qui m'arrive, j'envoie le premier Scud.

— Tu sais, chérie, je crois qu'ils aimeraient bien voir leur mère de temps en temps.

C'est très cruel, mais ça me permet de reprendre un peu d'ascendant. Sinon, il y a ça, qui marche aussi très bien :

— Tu sais, chérie, tu devrais de temps en temps faire comme moi, poser une demi-journée de RTT, ça te permettrait de voir grandir tes enfants.

Ça fait un peu *Dallas*, mais c'est efficace.

Et puis, il y a le coup de grâce. Mais ça, je ne le fais que si je suis vraiment au fond du trou.

— Chérie, j'ai pris l'initiative d'un rendez-vous avec le pédopsychiatre. Je lui ai fait un bref descriptif de la situation : il voudrait te voir seule pour que nos enfants ne soient pas mis en danger par ton hyperactivité et cette façon si personnelle que tu as d'être écrasante avec ton perfectionnisme omniscient. Tes filles commencent à éprouver un complexe par rapport à une mère parfaite. C'est dangereux !

Celle-là, il faut vraiment la répéter pour y mettre le ton qu'il faut, sinon les enfants vous dénoncent immédiatement en vous traitant de mythomane.

C'est à ce prix que je reprends un peu de leadership dans la famille et que je parviens à la faire douter d'elle-même. Ce sont bien sûr des subterfuges à n'utiliser qu'en cas d'extrême urgence. En tout cas, ça marche et beaucoup mieux que le très désuet…

— Chérie, aujourd'hui ta peau est jeune et belle, mais dans vingt ans… comment paraîtra-t-elle ?

Ou bien :

— Chérie, j'ai rétréci les gosses.

Totalement dépassés.

Cela dit, la culpabilisation ne marche pas longtemps avec une femme non coupable. Le mieux, c'est de se soumettre.

J'ai eu raison de ne pas m'entêter, ça m'a sauvé du cancer[1]. J'ai arrêté de fumer à la suite de ses supplications répétées, par amour. Maintenant, j'ai peur de vivre plus longtemps qu'elle.

Lui survivre, après soixante-quinze ans, ce serait atroce.

Je ne tiendrais pas deux jours.

Qui me maintiendrait en vie ? Me protégerait ?

Je perdrais mon dentier. L'été, des travailleurs sociaux m'obligeraient à boire de l'eau minérale.

Vivre sans tabac oui, sans elle non.

Cela dit quand je vais en soirée, qu'elle a le dos tourné et que je me sens d'attaque, je demande à une moins de vingt-cinq ans de me souffler la fumée dans la figure. Généralement les gamines me dévisagent les yeux ronds, mais elles comprennent vite qu'elles ne risquent rien. Alors elles acceptent, pour m'aider. La soufflette d'une étudiante tabagique en pleine poire, ça devrait être interdit tellement c'est bon.

1. Natifs de Lyon ou Saint-Étienne, prononcez « quincére ».

Sauver ma peau

— C'est pour un soin avec une coupe de cheveux, j'ai bourdonné en tournant autour d'un présentoir de crèmes et de shampoings.

On était au début du XXIe siècle. Ma femme était partie voir un match de soccer avec mes filles. Et moi, je cherchais à oser quelque chose d'ambitieux. Une nouvelle coiffure par exemple. Celle de notre Premier ministre me faisait envie.

Du coup, j'ai poussé les portes d'un salon d'esthétique pour homme. Celui-ci s'appelle *Son petit coin.*

Je ne pensais pas qu'un jour j'irais là.

C'est comme les caleçons moulants, il y a dix ans. Je regardais ça avec suspicion, je disais que ce n'était pas pour les vrais hommes. Une décennie a passé, et désormais, moi aussi, je peux jouer, sauter, manger en oubliant que je porte un slip de maintien génital. L'époque où j'ai troqué le caleçon en coton contre la gaine en

Lycra correspond à l'apparition du terme « métrosexuel ».

Au début, je croyais qu'un métrosexuel, c'était un type qui avait un sexe suffisamment gros pour le montrer dans le RER derrière un imperméable de l'inspecteur Gadget.

Pas du tout.

Un métrosexuel est un type qui va au salon d'esthétique en plein samedi après-midi parce que ni sa femme ni ses filles n'ont envie de l'emmener voir un match de foot féminin.

Voilà la vérité.

Une métrovérité, en fait.

Adopter un comportement métrosexuel après des années de résistance passive, c'est succomber à la mode minablement.

Avec un métro de retard en plus.

Au temps où je pensais que l'esthétique pour homme devait rester un problème strictement féminin, j'avais d'autres convictions :

— que le bon valait mieux que le beau ;

— que l'expérience était plus précieuse que la jeunesse ;

— que le bien était préférable au bien-être.

Depuis que l'évolution est en marche, ces trois propositions léguées par les anciens se sont inversées. Le ciment de la société n'est plus la morale. Non, c'est le gel capillaire qui structure désormais nos existences. On le voit bien en regardant la télévision : seuls les mieux coiffés réussissent et sont vraiment heureux.

Voilà pourquoi je suis ici.

Son petit coin, c'est un bel endroit, des peintures blanches et violettes et des moulures de bois brunes. Une ambiance sobre et raffinée. Elles sont quatre à y donner du réconfort à des types chauves, le plus souvent. Des métrosexuels en voie de confirmation. Et parce qu'ils sont chauves, ils coupent court pour que ça ne se remarque pas.

Grâce à cette mode, on ne dit plus : « il est chauve ». Non, on dit : « Tiens, voilà Jérôme le designer ! »

Studieusement penchées sur ces crânes humides, les jeunes femmes manipulent des séchoirs extraordinairement silencieux. Devant mon air hésitant et niais, l'une d'elles qui va par le nom de Livie et semble la plus expérimentée me propose le forfait « soin du visage + coupe ». Comment refuser des soins ? Toute cette tendresse pour quelques euros.

On me met en peignoir et on m'allonge sur un fauteuil genre dentiste. Non, pas dentiste, obstétricien. Il faut que je me sente comme un bébé dans le ventre de ma mère. Trois minutes après je ressemble au choix : a) à une purée d'épinards ; b) à Hulk vieux ; c) à une bouse de yack fraîche.

Ça sent les algues et la mer. Une musique douce se mélange aux parfums qui flottent dans l'air. « Ordre et beauté, luxe, calme et volupté », disait le poète. On me plonge dans une semi-obscurité. Malgré la quiétude zen qui m'enveloppe, je ne suis pas vraiment fier de moi. Henri IV avait abjuré sa religion pour le trône. J'ai l'impression d'abjurer ma virilité pour un soin du visage. J'ai honte de moi.

Je pense au type de *La Guerre du feu*. Crasseux, avec ses dents pourries, son haleine de chacal, ses petits grelots de caca entre les fesses et la levrette sauvage au bord du ruisseau. S'il était là, il me mépriserait. Il me tournerait autour en poussant des « n'gnouh n'gnouh » de reproche.

C'est pourtant bon de se faire masser le crâne et pétrir les bajoues par Messaline. Elle m'enduit la peau d'une huile venue tout droit du Tibet. Il paraît que c'est fait avec une herbe qui ne pousse qu'au pied des montagnes. C'est très bon pour l'hydratation, l'oxygénation et l'éradication des peaux mortes.

— Il paraîtrait même que le dalaï-lama adore regarder cette herbe lorsque le vent la fait trembler au petit matin, me turlute Messaline telle une alouette[1] au printemps.

1. L'alouette turlute, tirelire ou grisolle, c'est selon.

C'est fou ce que les femmes sont sérieuses quand elles parlent de beauté, de peaux et de toutes ces choses. Les femmes ont d'ailleurs un rapport très spécial avec la peau des hommes. J'ai jamais compris quel plaisir elles prenaient à faire sortir un point noir de sa cachette. Le simple fait de voir s'agiter la queue jaunâtre d'un point noir me rend malade. Ça me fait froid dans le dos. Pour les femmes, le point noir est une croisade jubilatoire. Quand elle m'en perce un, ma femme ressemble à un ours qui a trouvé un repaire de vers de terre. Son regard s'allume, sa truffe s'humidifie, elle se met à chasser le ver de peau en grognant. Les femmes ont un rapport bien plus harmonieux avec leur peau que les hommes. Elles la nourrissent, l'hydratent, l'énergisent, ou y vaporisent de l'eau minérale. Messaline va maintenant m'appliquer un baume qui va donner à manger à ma peau. En profondeur.

— Ma peau a faim en fait, je dis.

— Un peu, sourit Messaline, presque maternelle.

J'ai envie de m'endormir tandis que les haut-parleurs diffusent *Une chanson douce*, d'Henri Salvador. L'extermination des points noirs a commencé sous la peau. En vérité, ils ont été neutralisés avant même qu'ils aient eu l'idée de se pointer à l'air libre. Mais bientôt, la lumière revient, c'est l'heure de la coupe. Tertulia me shampouine avec des algues et des oligoéléments. J'ai aussi droit à un casque aux corn flakes macérés dans de la graisse de fœtus[1] tiède.

— Gnaaah, c'est bon, je glougloute.

Si je réfléchis bien, je n'ai pas gémi comme ça depuis quand ? Le mois dernier, je pense. Ma femme me chevauchait en zinzinulant sur fond de musique médiévale. Drucilla me propose, de sa douce voix, un café expresso dans une tasse dessinée par Georgio Armaniac.

Je ne sens pas Tertulia se saisir de ma main gauche pour me limer les ongles pour ensuite leur donner l'onction. Du temps de *La Chanson de Roland*, les hommes avaient les dents longues, un appétit d'ogre et les mains calleuses. De nos jours, ils sont au régime, se font refaire les dents et oindre les paluches.

C'est la mue.

— Mais j'ai pas demandé les ongles ! fais-je à l'idée de payer plus cher.

— C'est offert pour les nouveaux clients, me souffle Livie dans l'oreille.

Une voix murmure en moi « T'es vraiment qu'une gonzesse, t'as plus rien au fond de ta gaine "dix-huit heures"… » Et il y a ces miroirs,

1. D'agneau évidemment.

partout. Mon nez se reflète dans toutes les glaces. Mon Dieu qu'il est long vu d'ici !

« Je suis un homme, je suis un homme quoi de plus naturel en somme », se plaint Michel Polnareff dans la sono et avec à-propos. Le miroir me renvoie l'image d'un gros bébé entouré d'un quarteron de nurses hyperactives. Drucilla me fait des biberons de café, Tertulia et Messaline appliquent un vernis nourrissant sur mes pouces et Livie me demande en effleurant mes cheveux :

— Alors que leur fait-on ?

— Faites de chacun d'eux ce que vous voulez, je pépie résigné.

J'ai jamais su ce que je voulais niveau coiffure. J'ai essayé toutes les longueurs, toutes les formes de pattes sur les côtés, toutes les raies. J'ai encore du mal à être coquet avec naturel. Les femmes ont quand même une longueur d'avance. Et si je me laissais tenter par un balayage irisé avec décollement de racines ?

Je repense à JiGé[1], mon coiffeur précédent, un bavard hystérique qui se prenait pour David Bowie ; il avait l'accent pied-noir et des bagouzes partout. Il parlait sans arrêt de sa mère et de ses sœurs en faisant des moulinets avec les bras. On aurait dit un robot ménager.

1. Jimmy Gérard, né à Oran en 1947, s'est installé à Paris en 1961.

Messaline, Livie, Drucilla et Tertulia se taisent. Taiseuses mais faiseuses. Elles ne me disent pas que les vacances ça fait du bien ou que le dernier hiver a été long. Dignes, professionnelles et appliquées. Soumises pour à peine quarante euros. Une misère.

En les contemplant, affairées à m'embellir, je reprends du poil de la bête, ne sont-elles pas sur le point de faire renaître l'éphèbe qui sommeille en moi ? Ce personnage sanglé dans son péplum, au cou serti d'un collier anti-cheveux de caoutchouc n'a-t-il pas quelque ressemblance avec César ou Alexandre ?

Elles ne coiffent pas, non. Elles créent, sculptent et érigent une œuvre mythologique. J'ai choisi dans *Gala* une coiffure à peu près identique à celle de Nikos, autre demi-dieu des bords de la Méditerranée contemporaine. Le débile à goitre que je méprisais dans la glace a disparu. Ses mèches de cheveux, courtes et délicatement rabattues sur un noble front, soulignent la grandeur de son caractère. Je lève un peu le menton, content de lui. De moi.

Lorsque Livie me tend le miroir pour vérifier nuque et oreilles, je découvre en tournant la tête un profil de médaille, le teint éclatant et bronzé de Marc-Antoine, le regard plus vif que Ben Hur, la mâchoire déterminée de Spartacus. Il manque juste une jeune femme en toge transparente et sandalettes pour faire ventilateur avec une palme.

Subjugué par l'Apollon qui me regarde avec les yeux de Narcisse, je n'ai pas repéré Messaline qui s'approche sans bruit munie d'un bol rempli d'une guimauve rose et brûlante. Ça sent bon. Elle touille avec une spatule en bois…

— C'est pour quoi faire la crème au Malabar, là ? que je dis.

Silence inquiétant.

Et soudain elles me prennent.

Livie me plaque en arrière, Tertulia et Drucilla bloquent mes avant-bras tandis que Messaline approche la spatule de mes oreilles tapissées de *petroselinum sativum*[1]. Il s'agit de vrais buissons-ardents que je tiens de mon père qui cite souvent Bruce Willis : « Dieu est impitoyable : il vous enlève les poils de la tête pour les replanter dans les oreilles. »

Livie m'a collé une brosse à brushing entre les dents ; elle m'a dit de serrer fort.

— *Dura lex, sed lex*, crie-t-elle en tirant la cire d'un coup sec.

J'ai crié, tenté de me débattre mais elles me tiennent fermement et s'attaquent à l'oreille gauche. Chniaaaacs la mouillette !

1. Persil.

— *Tu quoque, Livie*, je râle en retombant sur le dossier du fauteuil.

J'ai failli perdre connaissance. Depuis Tchernobyl, je m'évanouis très facilement. La vipère brandit les deux oursins violacés couverts de poils drus. Je crie, je pleure, je geins. Drucilla s'approche.

— Voilà, tout doux, tranquille, chuchote-t-elle si près de mon lobe que je sens son souffle jusque dans l'oreille interne et presque dans ma gorge, la brise légère provoquant un frisson d'une ambiguïté délicieuse.

Je reprends mes esprits et me regarde dans la glace.

Elles flattent mon reflet, lui prodiguent les meilleurs compliments. Il a été vaillant. Ses oreilles sont douces et roses comme du filet mignon. C'est plus joli, lui jurent-elles, et les femmes préfèrent. Les Romains et les Grecs s'épilaient le corps entier, précise Livie.

Il doit donc s'estimer heureux.

Je paie, je pars, déboussolé, débroussaillé aussi. Des cheveux grattent mes omoplates trempées de sueur. Dehors le soleil cogne. Je sens l'air qui éprouve l'aérodynamisme de mes oreilles désormais aussi profilées que les ailes d'un Airbus. Je me traîne sur l'asphalte, sans savoir à qui parler véritablement. Jusqu'au moment où je tombe sur le chef, le vrai, le modèle des modèles.

Il est grand, bronzé. Il a les cheveux courts, de la longueur idéale. Il porte une veste de treillis ouverte sur un torse glabre comme mes nouvelles oreilles. Ses yeux sont bleus comme l'azur. Il porte un jean déchiré de chez Marithé et François Girbaud. Il va nu-pieds comme tous les innocents et comme toutes les stars photographiées sur leur canapé par *Paris-Match*. Car dans la mégalopole, il est chez lui. Le grain de sa peau est aussi pur que le mien est confit de sébum et d'asticots jaunâtres.

C'est lui le métrosexuel, le type qui a trahi l'espèce pour la santé éternelle et qui nous conduit au cimetière des éléphants. Il hante les rues content de lui, ignorant les générations qui l'ont précédé, oublieux de l'histoire et des guerres de tranchées. Son orgueil, c'est lui-même, subjugué par sa merveilleuse humanité et le gel de rasage qui respecte sa personnalité. Et bien sûr, il a renoncé à souffrir, à vieillir et à tuer pour se nourrir.

C'est mon prochain.

Fête nationale

Dans quelques instants, je serai libre.

Mais pour le moment, on dirait que ce TGV ne partira jamais. Je fais semblant d'être triste en attendant le signal du départ. Les mômes font déjà des dessins dans le Carré Famille, mais elle, c'est toujours le même numéro. Elle ne sait pas se séparer de moi. Remarquez, je la comprends. Me laisser trois jours seul à Paris, un week-end de 14 Juillet, y a danger. Je suis si peu autonome et les touristes allemandes si perdues avec leurs mollets dorés et leur *Guide du Routard* d'après l'Occupation ! Qu'est-ce qu'elle a besoin de dramatiser après sept ans de mariage. Franchement, elle pourrait positiver. Ces petites séparations sont l'occasion de se retrouver soi-même. De faire le point.

— Tu fais pas de bêtises, hein ? elle me dit en me lançant un regard de chien.

Tandis qu'elle m'étreint comme si c'était la

dernière fois, je regarde ma montre et pense au planning de ces soixante-douze heures en solo : ciné, resto, glande, alimentation déviante sans légumes verts ni fruits. Fritures, double-cheese... et peut-être même boîte de nuit avec pluie de femmes qui pourrait ruisseler sur les poils de mes cuisses.

Je suis nerveux, impatient, je danse sur un pied, sur un autre.

Il va partir ce train de malheur ?

Non, je ne suis pas un salaud, juste un homme ! Comment les femmes, ces grandes psychologues, n'ont-elles pas encore compris que de temps en temps la solitude nous fait du bien ? Un homme marié, c'est comme un détenu dangereux, de temps en temps il faut l'isoler.

— Attention à la fermeture des portes, annonce Simone Hérault dans la bande enregistrée.

Au captif, la libération ! Je retiens mon souffle.

— Au revoir les enfants ! Au revoir, soyez sages avec mam...

Peuvent plus m'entendre maintenant.

Libre, enfin.

Sur la route du retour, j'introduis dans l'autoradio la compilation des Steppenwolf et je réécoute *Born to be wild* en hurlant moi-même à tue-tête :

— Borgne tooooou bi ouaiilllede !!!!!

Tiens et si je faisais une queue-de-poisson à ce couple de retraités qui se traîne en Xantia verte ? *Born to be wild*, braille le poste de plus belle tandis que la liberté des automobilistes s'arrête où s'égare la mienne. Si elle était là, elle me tuerait. D'ailleurs, elle n'aurait pas besoin. Jamais j'oserais faire des trucs pareils avec elle (et les enfants). Je ne me livre aux interdits qu'en son absence. Et le plus souvent, c'est l'existence de la punition ou le regard des autres qui m'incite à respecter les interdits.

Cruiiiiiiiiiicche. Dérapage contrôlé devant le bas de l'immeuble.

L'appartement dont j'ouvre la porte résonne harmonieusement de leur absence. Je crois entrer dans une église provençale. Vide et fraîche. J'y trouve la paix et le réconfort. Pas un jouet à l'horizon, pas un grésillement de poupée chanteuse ou de jeu éducatif qui grogne des trucs incompréhensibles. En plus tout est rangé. Et je ne dérangerai rien pour la simple et bonne raison que je vais prendre mes repas dehors.

Enfin seul.

Je n'ose pas y croire, j'ai même la trouille que la porte s'ouvre et que toute la famille débarque. Mais non c'est impossible. Tiens, je vais allumer la télé. J'avance une main vers la télécommande quand soudain une voix m'interpelle : « Tu as pensé à acheter du lait de croissance ? » Je sursaute, interdit. On dirait Don Camillo pris en faute par le Seigneur.

Mais, y a personne !!!

Je dois cesser de penser que l'appart' a été mis sous vidéosurveillance. Pour me rassurer, je récite les commandements du père de famille émancipé un jour de fête nationale :

TU NE DESCENDRAS POINT
LES POUBELLES,
TU N'IRAS POINT AU JARDIN D'ENFANTS,
EN SORTANT DU BUREAU,
LE CHEMIN DE LA MAISON
TU NE PRENDRAS POINT.
DE PIZZAS PAR MILLIERS
TU POURRAS T'EMPIFFRER,
SUR INTERNET SANS LIMITES
TU POURRAS SURFER,
LA FEMME DE TON PROCHAIN
LIBREMENT TU POURRAS RELUQUER,
AVEC RENÉ EN DISCOTHÈQUE
TU POURRAS GUINCHER,
AU TRI SÉLECTIF
DES ORDURES MÉNAGÈRES
TU POURRAS RENONCER,
ETC.

Être seul quelques jours en été, le rêve de n'importe quel père de famille. On en aurait le vertige.

« Être libre est-ce vivre sans contrainte ? » je lis l'intitulé de ce sujet du baccalauréat saison 2005 dans un papier sur l'utilité de la philosophie à l'école dans *Ce qu'il faut penser aujourd'hui*. Je ne comprends pas pourquoi on demande à des ados de dix-sept ans de répondre en quatre copies doubles à une question qu'un père de famille peut résoudre en une seule phrase. Si j'avais passé le bac cette année, j'aurais écrit que la liberté, c'est toute la famille au bord de la mer et moi qui me retrouve seul dans la maison.

En fait, trois jours seul, c'est le retour à l'improvisation. On est dans la peau de l'homme de Cro-Magnon. Il sort de sa grotte, il s'étire, regarde le soleil, se gratte le derrière et se demande s'il commence par cueillir des baies, estourbir un quadrupède ou s'il va pas directement passer à Lascaux saluer des copains tagueurs. Improviser, ça m'est pas arrivé depuis combien de temps ?

Tiens, si j'ai envie d'une bière, ben je me la prends, et puis c'est tout. Direction le frigo et sa porte recouverte de Post-it. Fallait s'y attendre. Comme un vol de gerfauts hors du charnier natal, les Post-it déploient leurs petites ailes jaunes sur la porte du réfrigérateur et s'emploient à limiter ma liberté. Ne mange pas trop, gazouillent-ils, arrose le ficus, ne bois pas trop, t'as pensé à arroser le ficus ? Je t'ai racheté des Smacks, dans le placard au-dessus de l'évier, ne convoite pas la femme de ton prochain, descends les vêtements d'hiver à la cave, pense à te reposer… Derrière les Post-it, il y a tous mes Maronsui's. Elle y a pensé, mieux, le réfrigérateur est rempli de bières alors que d'habitude elle n'en achète jamais. J'aurais presque envie qu'elle revienne pour la serrer dans mes bras.

Je blague.

Si ça se trouve ce frigo bien rempli est une ruse de femme pour me sédentariser à la maison. On sait jamais, je pourrais être tenté d'aller voir ailleurs… En fait, ce qui fait peur à ma femme, c'est que j'appelle René. René est un vieux copain de night-club dont elle se méfie parce qu'il est très séduisant, qu'il a une Porsche, sent le cigare et qu'il ne s'est jamais marié. René adore m'appeler tard le soir pour me proposer d'aller boire un verre alors que ce salaud sait très bien que je ne peux pas puisque je suis soumis au couvre-feu.

On a tous un René qui traîne au fin fond de notre vie de garçon. Il reste des René à droite et à gauche. De moins en moins car ils font souffrir les filles qui leur promettent d'ailleurs l'hôpital psychiatrique ou des vieux jours misérables dans une maison de retraite. Pour sortir tard, je préfère René à l'homme qui a épousé ma belle-sœur. C'est également l'avis de mon beau-frère qui a certainement son René.

Je peux certes appeler René, mais je peux aussi regarder une vidéo Marc Dorcel.

À onze heures du matin, ça craint quand même.

La liberté dont on ne fait rien, c'est pas mal aussi. Tiens, là par exemple, je pourrais être libre d'arroser le ficus ou de descendre à la cave. Hein ? Ben non, je vais aller prendre l'air.

En relevant le courrier où je ne trouve que des grandes ventes publiques de tapis, je réalise qu'à cette heure-ci je devrais, normalement, être au parc avec les filles. Le trottoir chaud sent bon l'été, le pont du 14 Juillet et la liberté retrouvée. Sur le bitume, je ne marche pas, je trotte, la truffe au vent et le cœur léger. J'ai les sens en éveil. Une blonde me croise, dans son sillage une odeur d'ambre solaire, de piscine et de bronzage. Les filles qui sentent la plage à Paris ça me rend fou. Et flairer son parfum, ça me rappelle ces vers de La Fontaine qui me reviennent plus ou moins bien. J'ai tendance à perdre la mémoire moi qui connaissais si bien mes poésies.

Un célibataire ne trouvait pas le repos,
Tant les nuits en club étaient blafardes.

Ce type croise en boîte
un jeune père assez beau,
Gras, poli, qui s'encanaillait par mégarde.
Le charrier, sur son costard le chambrer,
Notre single *l'eût fait volontiers ;*
Mais y avait trop de whisky dry,
Dans le gosier d'cette canaille.
Il discuterait donc poliment.
Le single *engage alors humblement*
Le propos et lui fait compliment
Sur son embonpoint, qu'il admire.
« Il ne tiendra qu'à vous, beau sire,
D'être aussi gras que moi,
lui repartit le père.
Quittez les boîtes et changez d'air.
Vos pareils y sont misérables,
Vieux beaux, hères et pauvres diables,
Toute cette solitude me fait du chagrin.
Car quoi ? Rien d'assuré, point de stabilité
Sans femme pour vous câliner.
Laissez-les donc, suivez mon chemin. »
Le solo reprit : et que dois-je faire ?
« Presque rien, dit le mari,
lui faire de beaux enfants
Changer leurs couches gentiment ;
Rentrer tôt le soir et à la femme complaire :
Moyennant quoi, plus de galères

Mais que du bonheur,
et de toutes les façons :
Plus jamais seul,
le soir au pieu comme un con,
Sans parler de maintes caresses. »
Le solo déjà se forge une félicité
Qui le fait pleurer de tendresse.
Sortant de boîte,
il vit le doigt du jeune marié.
« Qu'est-ce là ? lui dit-il. — Rien. — Quoi ?
Rien ? — Peu de chose.
— Mais encore ? —
L'alliance dont je suis lesté
De tout ce bonheur est peut-être la cause.
— Marié ? dit le solo :
vous ne courez donc pas
Où vous voulez ?
— Pas toujours ; mais qu'importe ?
— Il importe si bien, que de toutes vos joies
Je ne veux en aucune sorte,
Et ne voudrais pas même à ce prix
un trésor. »
Sur ce, le vieux garçon s'enfuit,
et court encore.

René et moi on s'est rencontrés comme ça. Dans une boîte. Moi je devais rentrer, lui il restait jusqu'à la fermeture. René veut pas se marier. Il veut garder sa liberté, qu'il dit.

Il me reste soixante et onze heures de liberté.

Que vais-je en faire à part boire un café à la terrasse du bistrot en tripotant mon moignon cellulaire ? Combien de messages ? Que des invitations à dîner ! Ma femme a fait passer l'info.

— Il est seul cette semaine, le pauvre, invitez-le à dîner.

C'est une manière habile de me placer sous la surveillance de sa copine Astrid, de son mari Stéphane et de leurs sept enfants. Ma femme est persuadée que je vais dépérir si je suis seul. Alors qu'au contraire l'homme s'épanouit dans une forme de solitude. S'il rejoint la collectivité, c'est pour se nourrir et s'accoupler, mais très rapidement, il aspire à l'isolement pour mieux préparer ses prochaines sorties dans la jungle. Les hommes de caractère vivent seuls.

Georges Brassens, auprès de son arbre.

Lucky Luke à la fin de chaque album.

François Bayrou au centre droit.

Assis à la terrasse du café, j'ai beaucoup de mal à lire *Ce qu'il faut penser aujourd'hui*.

À neuf heures une belle blonde.

À trois heures une sublime rousse.

À six heures moi, qui n'arrive pas à me concentrer sur un portrait particulièrement élogieux de Clémentine Royal.

— Votre seul défaut, demande la journaliste.
— Heu… on me dit perfectionniste.
(rire à six heures)

Les fonctions visuelles de l'homme en liberté sont généralement plus développées à la terrasse des cafés que le matin au fond de son placard.

— Chérie, tu n'aurais pas vu mon pantalon beige ?

— Cherche.

— Ça fait deux heures.

— Tu ne sais pas chercher.

— Évidemment, c'est toujours ma faute.

— Il est là.

— J'avais pas vu, dis donc, quelqu'un l'aura déplacé.

— Bien sûr.

Tous les ethnologues le diront, l'homme repère mieux ce qui bouge qu'un pantalon beige inerte. Quand ma femme est là c'est différent. Je ne vais pas au café et je ne regarde pas les filles. Et si à la sortie du cinéma elle me surprend en train de le faire…

— Alors elle te plaît, c'est vrai qu'elle est mignonne, n'est-ce pas ?

— Heu, quoi, mouais, mouais, pas mal, un peu gros les seins, je trouve.

J'ai repris un café, le défilé de nombrils se poursuit et la vie est belle jusqu'à ce que le moignon portable sonne. Pourquoi faut-il que ma femme appelle au moment où je regarde le balancement chaloupé des poches arrière d'un jean moulant, dans le matin chantant d'un 14 Juillet libérateur ? Ça gâche le plaisir, je trouve.

— Allô, alors tu t'en sors, mon amour ?

— J'essaie de survivre, ma chérie, mais c'est pas facile, tu sais.

— T'es où, j'entends du bruit ?

— Heu, j'achète *Parents* au kiosque et je rentre.

— Y a des Maronsui's dans le frigo, t'as vu j'y ai pensé ! *(triomphante)*

— Tu es formidable ! *(sincère)*

— C'est tout ce que t'as à me dire ? *(déçue)*

— Ben, je t'ai mise au train il y a moins de deux heures ! *(maladroit)*

— ... *(vexée)*

— Les enfants vont bien ? *(rassembleur)*

— La petite a vomi. *(sur le ton « ma mère est morte, on vient de me l'annoncer et en plus c'est de ta faute, salaud »)*

— Oh ma pauvre, ça doit être la galère, elle a vomi beaucoup ? *(hypocrite et bête à la fois)*

— Non, non, heureusement, un gentil contrôleur m'a aidée à nettoyer.

Elle a dit « gentil contrôleur » comme si c'était Brad Pitt qui poinçonnait tout le wagon. Faudrait pas qu'il s'approche trop de ma carte Enfant Plus celui-là. Comme tous les contrôleurs du TGV, il doit avoir sa boucle d'oreille et sa queue-de-cheval, le Brad Pitt de mes…

— … *(vexé)*

— T'es jaloux ? ! *(radieuse)*

— Non… *(blanc)*… C'est simplement que je vais devoir te laisser, je dois descendre à la cave figure-toi. *(faux, je vais reprendre un café et un peu d'assurance)*

— Tu vas pas être jaloux du contrôleur quand même ! *(j'entends des rires dans le Carré Famille)*

— C'est qui qui rit ? *(boudeur)*

— C'est Martine, son mari ne fait pas le pont et figure-toi qu'elle va à Sainte-Marie aussi dis donc ! Il paraît qu'il y a une top soirée au bar de la Marine ce soir, maman va me garder les enfants.

— Super ! *(super horrible)*

Je connais le bar de la Marine, c'est un repaire de voileux musclés, le teint hâlé et l'avant-bras tatoué. Quand ils reviennent à terre, c'est pas pour faire de la figuration. Ils sont assez rustres, mais on dirait que c'est ça qui plaît aux femmes. Leur côté pratique. Rien que d'imaginer leurs mains poilues et noueuses sur sa peau claire et veloutée, c'est insupportable. J'ai la gorge serrée et la voix chevrotante.

— Bon ben, je t'embrasse mon chéri, faut que je donne un petit pot… *(quasi-raccrochage au nez)*

J'sais pas mais je suis pas serein d'un coup.

Décidément la femme est un loup pour l'homme.

Je me donne pourtant du mal.

Je fais pas le pont parce que j'ai du boulot.

Je la mets dans le train avec nos filles.

Je me prépare à utiliser intelligemment la liberté retrouvée.

Je m'occupe de la maison.

Je trouve le bon rythme.

Je me concocte le bon programme.

Tout ça tranquille et… patatras, v'là qu'elle se met à faire n'importe quoi.

Comme si moi…

Classe très moyenne

Avec mon épouse, et comme de très nombreux autres couples, nous allons désormais en club.

Je veux dire en vacances au Club.

Quand j'ai rencontré ma femme et avant qu'elle ne mette au monde nos deux adorables centres de coûts, nous partions sac au dos arpenter les routes du Mexique ou de la Turquie. Je me souviens qu'à cette époque je portais les mêmes vêtements qu'Indiana Jones. Les *chicken-bus* des pays émergents[1] m'inspiraient le sentiment d'une vie précaire, pleine de risques et d'aventure. Même si je savais secrètement qu'Europe Assistance veillait de loin sur elle et moi, je me voyais dans la peau d'un conquistador. Je portais les charges lourdes, négociais les tapis et lorsqu'un autochtone trop patibulaire s'approchait de nous, il ne me fallait qu'un faible ef-

1. Pays sous-développés en mauvais français.

fort d'imagination pour le prendre pour un voleur.

— Planque l'appareil photo et mets ta banane sous ton tee-shirt, ça les attire ! *Buenos dias amigos*, avais-je pour habitude de lancer ensuite avec mon empathie de porteur de traveller's cheques.

Je la sentais alors presser son petit corps contre moi et j'avais l'impression que l'univers tournait rond, tout ça pour pas trop cher compte tenu du taux de change de l'époque.

Aujourd'hui tout a changé.

Nous allons en Club.

— Et il n'y a pas à dire, pour l'encadrement des mômes, c'est les meilleurs !

Voilà comment je justifie mes vacances au Club attablé à la terrasse de notre hôtel suisse avec vue sur les Préalpes, le Mont-Blanc et l'aiguille du Midi. Ici, je ne risque pas d'attraper la turista. Nous évoluons au milieu d'inoffensifs et joyeux retraités venus faire de la marche. D'autres jeunes couples ont choisi comme nous de sous-traiter la garde de leurs enfants à des jeunes gens payés pour ça.

— Ils vous les prennent à huit heures trente et vous les rendent à vingt et une heures prêts à dormir, dit ma femme avec des étincelles dans les yeux.

Une aubaine, ce Club.

Nous nous étions juré de ne pas frayer avec d'autres couples, mais il faut bien sortir de l'isolement de temps en temps. À vrai dire, c'est un des animateurs qui nous a placés à la table d'une paire de couples aussi modernes et sympathiques que nous. Dans ces cas-là, mon épouse démarre la conversation par le sujet immanent.

— Le Club, pour les enfants, il n'y a pas mieux.

Nous voilà nous flairant avec l'optimisme des chiens. Ils sont ici pour les mêmes raisons : les enfants.

Je ne peux pas m'empêcher de les dévisager, en douce bien sûr. La montre, les chaussures, la manière de parler, la quantité de cheveux qu'il leur reste, le serre-tête, la chemise indienne, les tongs brodées, le modèle de culotte ou de jean. Je jauge, je soupèse, j'essaie de comprendre ce que je ne connais pas. J'évalue ainsi les revenus, j'essaie de deviner la marque de la voiture. J'estime également le caractère. Je le fais sans fausse honte et sans scrupule car je sais qu'ils et elles font pareil. Ce blond à cheveux longs est-il fort en gueule ou est-ce l'autre, le dégarni à bourrelets, qui va s'imposer ? Et leurs femmes, comment sont-elles ? Heureuses ? Organisées ? Méchantes ? Dominantes ? Pratiques ? Chaudes ? Et nue comment est-elle l'épouse du dégarni ? Bizarre, elle est mieux que celle du blond beau gosse, ce devrait être l'inverse non ? J'en sais rien en fait. Toutes ces questions... Au moins, je sais ce que l'on mange.

Ce soir, c'est un buffet montagnard. Après tout il ne fait que vingt-neuf degrés. Je choisis tartiflette, fondue et raclette. Il faut goûter de tout et manger équilibré de nos jours. Et puis j'adore les salaisons.

Nous sommes assis à une table ronde. On a fait un homme-une femme, mais nous n'avons pas séparé les couples car nous ne sommes pas amis. Nous ne sommes que clients du Club. Ça rapproche mais quand même ! Bien entendu nous ne nous appelons pas par nos prénoms car nous venons à peine de faire connaissance. Cela dit, la conversation est assez aisée. Je ne me souviens pas de tout, mais ça devait donner ça :

— On est venus en voiture, c'était plus pratique car nous arrivons de Toscane[1].

— Bien sûr, je comprends, nous, nous sommes venus en TGV, c'est moins fatigant avec les enfants.

— Bien sûr, je comprends.

1. Dans certains milieux petits-bourgeois, il est devenu courant de désigner l'Italie de manière plus précise et donc on dit Toscane, exactement comme certaines personnalités connues de rubriques estivales de la presse people. Autre exemple : dire Luberon au lieu de Vaucluse, plus chic.

— On peut peut-être se tutoyer[1] ?

— Si vous-tu veux-lez. Oui, je veux dire.

— Ils ont quel âge ?

— Six et deux.

— Sept et onze.

— Quatre, six et dix.

— Dix ans, on commence à respirer, c'est moins fatigant.

— Oui, et puis ils s'aident entre eux.

— Oui mais bon, ils sont tellement bien ici !

— Vous faites les activités collectives, vous ?

— Ben beuh, mouais, enfin pas toutes[2].

— Moi pareil, je fais pas tout, je suis pas venu pour faire les *crazy signs* comme un con le soir.

— Cela dit les mômes adorent[3].

— Ouais, c'est vrai.

— Ils sont quand même vachement bien organisés.

— C'est clair. Parce que si tu veux souffler un peu, sans encadrement, t'es quand même obligé d'emmener une nounou en vacances.

1. Cette génération de grands poireaux voudrait avoir l'air aussi cool que ses vieux mais elle n'y arrivera jamais.

2. Mensonge social car lorsque je vais au Club, je m'inscris à tout pour augmenter le rapport qualité-prix.

3. J'ai fait les *crazy signs* hier avec ma fille sur la piste. J'étais gêné et ravi à la fois. Si ça se trouve, ils y étaient aussi et nous nous mentons tous comme des arracheurs de dents.

Silence passager car il était implicitement question d'argent avec le sujet de la nounou. Personne ne voulait s'avancer sur le terrain de l'argent. À ce stade de la connivence, c'est normal. Les filles de leur côté se disaient à peu près la même chose. Sauf qu'elles avaient de l'avance. En fait elles en étaient déjà à la querelle scolaire. C'est pas que le public c'est pas bien…

— … mais quand les deux travaillent, t'es quand même plus rassurée sur le soutien.

— Nous, elle est dans le privé depuis le départ, ben, elle savait lire à l'entrée en CP !

— Nous on l'a laissée dans le public, parce que les enfants trop pressurisés c'est pas bon non plus.

— Attends, ils ont largement le temps.

— Ouais, c'est sûr.

C'est à ce moment que les hommes ont rattrapé les nanas, flairant le sujet politique.

— Je vais te dire, si c'est pour être dans le public et te retrouver avec des mômes en retard, non merci.

— Sans parler de l'absentéisme !

J'ai arrêté les « grèves dans le public » depuis deux ans ; généralement il y a toujours un prof ou un ingénieur SNCF qui se balade et généralement il est pour moi. J'ai arrêté le débat public-privé en 2002.

La femme du blond a sifflé en direction du gros dégarni qu'elle n'avait pas fait grève cette année et qu'après avoir fait du marketing chez L'Oréal, elle avait décidé, en 2000, de devenir professeur des écoles. À mi-temps.

— C'est quand même plus épanouissant et puis t'as l'impression d'être utile, a dit la femme du blond.

Sur cette question, on était tous d'accord. Être utile. Ça c'était intéressant. J'ai failli proposer un dîner-débat sur ce thème : qu'y a-t-il aujourd'hui de plus utile et de plus aimé qu'une femme institutrice non gréviste ?

Deux infirmières grévistes ?

Une femme africaine chef d'entreprise ?

Une antiraciste dans une banlieue difficile ?

Une présidente de Région de droite ?

Une présidente de Région belle ?

Une journaliste spirituelle ?

Une journaliste spirituelle et libérée ?

Une éco-citoyenne ?

Mieux, une éco-citoyenne de proximité !

C'est pas les exemples qui manquent.

Chez les hommes, il n'y a guère que pompier ou Zidane. Et encore, certains pompiers mettent le feu. Il y aurait peut-être homme politique, mais mort.

Je n'ai pas osé lancer le sujet de l'utilité. D'abord je me serais mis dans la difficulté. Rapport à ma situation personnelle. Ensuite, ça nous aurait fait griller des étapes dans l'intimité. À part l'instit à mi-temps, on ne connaissait pas la profession des autres, même pas les prénoms ni le lieu de résidence. Restait également à savoir qui parmi ces trentenaires était propriétaire de son appartement et qui avait le niveau de vie le plus élevé. Lequel des trois couples roulait en Audi ou en break Volvo ? Il y en avait certainement un parmi les trois. Mais quelle gêne si nous en étions venus à mettre la marque de nos véhicules sur la table. C'était un point crucial mais tabou. Admettre devant des étrangers que je roulais coréen, comme ça, sans préalable, c'était risquer beaucoup de souffrance et d'humiliation.

Tous les six, nous étions bien sûr partagés entre deux sentiments contradictoires :

— la secrète ambition d'arriver en tête dans le *benchmark*

et,

— l'envie généreuse de terminer la course à égalité parce qu'on était bien lunés et que la tartiflette était délicieuse.

L'inégalité, à ce moment des vacances, aurait diminué notre joie d'être ensemble, c'est sûr.

Les filles, toujours plus débrouillardes, se sont raconté leurs accouchements. Avec leurs capacités d'écoute respectives et ce bonheur qu'elles ont de goûter l'instant présent, c'était facile. Et bien évidemment, c'est toujours avec des trémolos dans la voix que chacune évoquait la moustache de son obstétricien.

Dans l'équipe des hommes, on est passé aux choses sérieuses. Comme on avait taquiné pas mal le vin blanc suisse du canton de Vaud, les extraits de la veillée ne me reviennent que par bribes :

— Attends, si ça continue, va falloir s'expatrier !

— Moi je suis mensualisé, je sens rien.

— Attends, si c'est pour avoir les services publics qu'ils ont en Grande-Bretagne…

C'était assez explicite.

Le gros dégarni a évoqué sa cave, ses cigares, son Land Rover (il avait un Land, j'aurais dû m'en douter), ses fusils de chasse, les charges, la fiscalité et « ces connards de *Libération* ». Ça, le blond n'a pas aimé parce qu'il était directeur artistique d'une agence de publicité et qu'il était abonné. Le gros ne pouvait pas le savoir. Le blond n'a d'ailleurs fait aucune référence à l'important patrimoine que possédaient ses parents et dont il avait un peu honte, sans parler du loft que son père avait financé dans un quartier bohème de la capitale. Avouer qu'il était fils à papa aurait diminué l'impact favorable de la ressemblance qu'il entretenait de loin avec Che Guevara. Non, en fait, le blond a choisi de se battre avec ses armes à lui : ses lectures, sa proximité avec un député de gauche à la mode, la parité, le maintien des services publics et les horreurs du thatchérisme et du blairisme (qui en était d'après lui une forme dévoyée mais encore supportable) et les conséquences catastrophiques de la guerre en Irak. Même si, bien sûr, il condamnait le régime de Saddam.

Pour ma part, j'avais repris des poires au jus et du feuilleté suisse aux pommes, ce qui me laissait du temps pour tenter d'imaginer comment j'allais entrer dans le débat et surtout en sortir sans trop d'éraflures. Ces types me semblaient avoir les pieds sur terre. Ils prenaient des décisions, commandaient, pour le blond, une équipe de jeunes créatifs brillants et, pour le gros, une horde de *traders* aux dents longues.

J'étais mal barré, mais au moins avais-je à manger.

Le gros dégarni s'agitait dans son polo Ralph Lauren, son pantalon à pinces Newman et ses pompes de bateau Sebago. En fait, il ressemblait à Sylvio Berlusconi, le savait et devait se demander s'il avait matière à en tirer de la fierté. Il en avait pour au moins dix mille euros au bout des avant-bras. Le cigare devait coûter au bas mot cinquante euros et la Rolex la différence. Il avait beau m'énerver, il était rassurant. Il maniait les sciences économiques et financières avec aplomb, parlait de la Chine, des délocalisations et des Américains qui au moins « avaient les couilles d'avoir du courage ». Je cite.

Le blond pliait, mais ne rompait pas. Il avait pour lui la victoire de Zapatero, l'anti-bushisme encore virulent dans les neuf, dix, onze et douzième arrondissements de Paris ainsi que le terrorisme, la misère du monde, le développement durable et plein de choses qui allaient dans le bon sens. Mieux, il était très proche d'un intermittent du spectacle ce qui lui permettait d'être en pointe sur les questions de société. Niveau relations internationales, il avait plus de mal. Bien évidemment, Ben Laden n'avait aucune excuse, mais il fallait bien régler le problème Nord-Sud !

— Oui, mais qui a fermé le centre de réfugiés de Sangatte ? a soudain lancé le gros comme s'il venait de découvrir le fil à couper le beurre. Et qui a fait foirer le projet de Constitution européenne ? a-t-il surenchéri.

Le blond a convenu que les soc' avaient échoué

à fermer Sangatte et faire adopter la Constitution. Mais que c'était pas une raison, qu'il y avait un malaise dans ce pays…

Il ne me restait qu'un tout petit morceau de tourte et j'avais presque fini les poires. Mon heure allait sonner. Je devrais intervenir dans le colloque, c'était obligé. J'étais déjà très mal avec ma voiture coréenne, mais si, en plus, je manquais d'à-propos, j'allais passer pour un naze.

Les filles évoquaient maintenant le principe de précaution et la mise en fûts à cent mètres sous terre des pédophiles multirécidivistes. Après castration évidemment.

J'étais de plus en plus terrorisé. Ces types me donnaient l'impression d'avoir trouvé leur place, d'avoir pris leurs responsabilités. Leurs femmes pouvaient compter sur eux, en cas de coup dur, ils avaient la surface financière, en échange de quoi ils rentraient tard, ne s'occupaient que rarement de leurs mômes et avaient la paix le week-end grâce à leur jeune fille au pair. Ils n'oubliaient jamais leurs clés, ne perdaient pas leur carte de crédit, changeaient de voiture chaque année ou presque. Mieux, le blond n'avait ni voiture ni télé, un must. En revanche, il avait quarante ans, portait des Puma jaune citron, dînait au Palais de Tokyo et lisait certainement des mangas.

À côté, les filles semblaient avoir établi une

harmonie parfaite. Les inflexions de leurs voix se mêlaient pour se retrouver sur une fréquence unique. De temps à autre, j'entendais prononcer des morceaux de phrases ou des prénoms d'enfants.

— Je fais ma gym entre midi et deux.

— Chloé l'a eue à deux ans, et toi, le tien, il l'a attrapée ?

— Tu as reperdu ce que tu avais pris après ?

— Moi ça va, il se bouge et s'occupe des enfants…

— On est allés à Capri, c'était top. On avait mis le voyage sur notre liste.

— C'est sûr que si t'es pas aidée, tu peux pas t'en sortir.

— Et tu ne regrettes pas Paris ?

— Tu sais à Marseille, tu es près de la mer, de la montagne et puis niveau stress, c'est différent. Édouard Baer habite dans la région.

— Je vais te dire, si mes parents ne clôturent pas la piscine, c'est simple, je n'y vais pas.

Pendant que les effluves de leurs infusions s'élevaient doucement vers la voûte étoilée, le blond et le dégarni ont commencé à trouver mon silence un peu louche. Je suis sûr que l'idée leur a traversé l'esprit que je n'avais aucune personnalité, rien à dire et que j'étais du genre à avoir un prénom qu'on oublie.

J'étais pas sûr de moi.

Avec les buffets à volonté, j'avais gagné en poids et perdu en volonté.

Les moniteurs du Club m'avaient mis dans un groupe de débutants pour la rando (parcours vert). J'étais le benjamin le plus essoufflé au milieu d'octogénaires en pleine forme. Tous remontés comme des coucous et gavés de Cialis. Ils s'arrêtaient souvent pour pisser mais à part ça, bon pied bon œil. Sans mentir, certaines marcheuses de soixante-dix piges à la peau bien tirée avaient des seins perpendiculaires à leur canne, des merveilles. Sans parler de leurs bouches regonflées à mort qui ressemblaient à deux bananes rouges superposées. Si les progrès de la médecine tenaient leurs promesses, je ferai moi aussi un beau vieillard. Mais fallait patienter. En attendant, face à ces deux types, je faisais pas le poids. Je cumulais les handicaps même.

Je vivais dans un arrondissement de Paris sans véritable charme. Je m'étais mal habillé ce soir et tout d'un coup mes Mephisto me semblaient pataudes et mon bermuda trop court. Je soutenais intuitivement le désengagement israélien à Gaza, j'aurais même pris la défense d'Ariel Sharon mais je ne savais pas au juste pourquoi. J'aurais été incapable de défendre les raisons de mon oui au référendum européen et encore plus incapable d'avouer que j'avais été radié des listes électorales et que c'était un oui d'intention. Pire, j'étais miné par l'idée de revenir au bureau en septembre sans aucune perspective d'avenir dans la société qui m'embauchait. Je me trouvais trop payé, en sursis, bon pour la prochaine charrette. Que mon patron vienne à pousser la porte de mon bureau et j'étais cuit.

Le blond et le chauve étaient fatigués comme des chevaliers à la fin d'un combat fraternel. Ils voulaient se reposer, se distraire un peu. Et donc ils se sont tournés vers moi qui cherchais quoi dire avec élégance et décontraction.

Foutu, j'étais.

C'est là qu'elle est arrivée. Sans se presser.

Elle avait pris des couleurs, mis des talons hauts quand les deux autres pensaient qu'en Club il n'y avait pas trop d'efforts à faire, vu l'environnement. La nourriture locale et les alpages lui profitaient. Son brushing était parfait et ses yeux scintillaient avec en arrière-plan sa croupe et la forêt préalpine. Le blond et le dégarni l'ont regardée s'enrouler autour de moi comme un boa prêt à dévorer un petit lapin tout cru.

Et quand elle a dit…

— Tu viens, Maouh, on va y aller…

J'ai compris que j'avais gagné par K-O contre le blond et le dégarni.

Musée de l'Homme

Lorsqu'il pleut, je les emmène au musée de l'Homme. Nous y sommes tranquilles et en sécurité. Les gens qui vont au musée de l'Homme un samedi matin sont inoffensifs. Ils ne sont pas sortis en discothèque la veille. Ils ne s'habillent pas à la mode. Ils n'ont pas de baladeurs MP3. Ils ne crient pas et ne réclament aucune indemnité. Ils sont une minorité à porter des prothèses mammaires et des sacs Gucci. Ils ont le moral. Les visiteurs du musée de l'Homme ont des préoccupations essentielles et surprenantes pour un samedi matin :

Ils veulent savoir d'où ils viennent.
Ils se demandent où ils vont.
Ils ont un exposé à préparer.
Ils veulent se suicider mais gagnent du temps.
Ils sont vieux mais peuvent encore marcher.
Ils font de la recherche scientifique.
Ils doivent distraire leurs enfants parce qu'il pleut.

En fait, j'aime bien les hommes et les femmes qui vont au musée de l'Homme. Et pourtant, m'y rendre est toujours une épreuve physique et morale. Elles crient, traversent la rue sans mon autorisation, se font offrir des bonbons par l'épicier qui les voit venir, de loin. La cause de cette excitation ? Les bipèdes du musée de l'Homme.

Elles en sont folles.

Elles resteraient des heures à contempler l'australopithèque, le pithécanthrope ou le néandertalien exposés grandeur nature. Tout ça plus la dînette qui va avec : assiette à soupe, coutelas d'ivoire, silex. Ce qu'elles aiment aussi chez ces mannequins c'est leur laideur, leur fourrure, leur mauvaise haleine probable, leurs ongles noirs. Tout le contraire de leur père qui, demain, finira bien par mettre la main sur des suppositoires au vétiver pour rester frais toute la journée.

Le jour où le métrosexuel fera son entrée dans cette partie du musée avec sa petite mâchoire de suceur d'escalopes, ses névroses et son gros cerveau, je suis sûr que ses ancêtres vont lui faire la bite au cirage. C'est sûr.

Qu'ont-ils de plus que moi les anciens ? Mystère.

De Tautavel ou de Cro-Magnon, ces hommes qui ont l'air de poser pour les *3 Suisses* regardent dans la même direction, celle de l'évolution et du progrès. Ces gars-là ne doutent de rien.

C'est pas comme moi.

Physiquement je n'ai rien à leur envier, je suis à peu près le même qu'il y a cent soixante mille ans à quelques détails près. C'est dans la tête que ça ne va plus. Je fais des trucs dont ils n'ont jamais eu l'idée. L'autre jour, je me suis surpris à citer Edwige Antier, par cœur, comme ça, des pages et des pages d'Edwige Antier récitées comme du Racine. Mon beau-frère qui m'écoutait patiemment au bout de la ligne a eu la délicatesse de ne pas me couper. Et ce n'est pas tout ! Je termine de plus en plus souvent mes conversations par cette formule sentencieuse :

— Tu verras quand t'en auras deux.

Je parle des enfants, bien entendu.

Comment interpréter l'intérêt de mes filles pour ces espèces disparues sinon comme la manifestation d'un manque que je ne parviens pas à combler ? Je m'en suis d'ailleurs ouvert à la grande aujourd'hui. La dernière s'était endormie dans sa poussette, nous étions tous les deux dans la contemplation rêveuse d'un barbecue préhistorique lorsque je lui ai posé la question :

— Entre ton père et eux, c'est quoi la différence ?

— Ben je sais pas, elle a répondu sans se donner la peine de réfléchir.

Il a fallu que j'insiste :

— Et avec un Kinder, tu retrouverais l'usage de ton cerveau ?

Elle a voulu s'emparer de l'œuf, mais d'un geste vif je l'ai mis hors d'atteinte, un bon mètre au-dessus de sa tête de petite voleuse.

— Mais donne-le moiiiiii ! ! !

— Tu réfléchis, tu réponds et tu as le Kinder.

Elle s'est résignée. Elle a jeté un bref coup d'œil à la bande d'*Homo erectus* qui ripaillaient autour du barbecue et elle m'a longuement détaillé. On aurait dit *El Gringo* en train de comparer deux arabicas. Elle a fini par lâcher les conclusions de son *bench-marking* après une bonne minute de réflexion stratégique :

— Ben la différence entre eux et toi, c'est qu'eux, ils sont dans le musée de l'Homme et que toi t'y es pas. Donc t'es pas un homme. Je peux avoir mon Kinder ?

Elle n'a pas répondu sur le ton du reproche. Elle a juste constaté que je n'y étais pas comme une évidence et elle en a tiré les conclusions qu'on peut tirer à cet âge.

Impitoyables les conclusions.

Les enfants sont cruels. Je comprends qu'on cherche depuis toujours à limiter les naissances.

C'est très bien expliqué dans une jolie vitrine sur la contraception. Le cocktail aux herbes, la capote en boyau de cochon, le stérilet en fil barbelé et bien sûr le préservatif vaginal qui fait aussi *kitesurf*, une vraie quincaillerie. Malgré ça, les chiffres sont faramineux : deux cent mille couples font l'amour toutes les secondes ce qui se traduit par la mise en orbite vaginale de milliards de milliards de spermatozoïdes. Ça fait 4,2 enfants qui naissent par seconde et, parmi eux, certains lâcheront un jour à leur père qu'il n'a même pas sa place au musée de l'Homme.

Pourtant, moi je l'aime bien ce musée. J'y prendrais bien ma retraite. C'est un vieux musée qui me ressemble. Il a peur pour son avenir parce qu'il est concurrencé par des musées plus jeunes, plus beaux, sans parler des parcs d'attractions qui lui piquent des visiteurs.

On est pourtant bien accueilli au musée de l'Homme, qu'on soit homme, femme ou enfant. Ici pas de vigiles tous les quinze mètres, pas d'interdiction de filmer, d'utiliser le moignon portable ou de toucher. La signalétique a dû être conçue à une époque où l'on avait confiance en l'être humain.

Et puis le musée de l'Homme s'est affranchi de la présence quasi obligatoire des écrans plats dans les lieux publics. Je n'y ai trouvé qu'une seule télé, fabriquée en 1982. Elle diffuse en boucle une naissance. Sans mise en garde, le visiteur se retrouve nez à chatte avec une inconnue qui a bien voulu accoucher en public et en différé. Merci, madame.

Et puis le musée de l'Homme ne pratique pas un marketing agressif. On n'essaie pas de vous y fourguer des fœtus en pot, d'y faire du trafic d'organes en plastique ou d'y vendre aux gosses des panoplies de singe savant. Une simple librairie se contente de mettre des livres savants à la disposition des curieux.

Comme moi, le musée de l'Homme a connu une phase de doute, il y a quelques années. Les employés se sont mis en grève parce qu'on voulait leur piquer leurs collections et les mettre au musée du Quai-Branly. Manque de certitudes, perte de confiance, moral dans les chaussettes : le musée a piqué sa crise, comme un trentenaire qui verrait la quarantaine se pointer. La grève a duré plusieurs semaines, une dépression muséographique en quelque sorte.

J'ai été très sensible à ce qui arrivait au musée de l'Homme. Je me demande même si je ne vais pas prendre une carte de membre de la Société des amis du musée de l'Homme. Ce serait signe de philanthropie. Prendre sa carte c'est aussi croire que d'autres expéditions sont possibles, que le monde n'a pas livré toutes ses clés et qu'il existe bien quelque part une tribu pygmée qui ignore encore qui est Angelina Jolie. Il est tout aussi probable qu'Angelina Jolie ignore ce qu'est…

— Papa, tu m'ouvres la boîte du Kinder, steuplé !

Les enfants sont comme ça : ils vous dévastent d'un mot et ensuite ils veulent qu'on leur ouvre la boîte du Kinder Surprise.

Après tout, ma fille a sûrement raison. Rien ne garantit que son père aura un jour sa place au musée de l'Homme. Ma femme n'en est-elle pas plus digne que moi ? Pourquoi compliquer la compréhension par les visiteurs de la grande chaîne de l'évolution avec un spécimen secondaire comme moi ? Et même, pourquoi la femme s'installerait-elle en couple au musée de l'Homme ? Il n'y a aucune raison qu'elle s'encombre d'un compagnon de musée. Sauf, évidemment, à ce qu'elle s'entiche d'un clone bien sous tous rapports ! J'imagine déjà la légende explicative rédigée par l'équipe scientifique du musée :

« Hyper-femelle et son clone en train de cuisiner des paupiettes à l'aide d'un Mc Intosh. Période postparitaire correspondant à un réchauffement de la planète. »

Un clone ? !

J'ai les idées larges mais je n'admettrai jamais qu'un type conçu avec un poil de cul puisse me piquer ma place au musée de l'Homme. *A fortiori* s'installer dans mon plumard, côté gauche. L'orgueil paternel et la menace d'un rival pourraient bien réveiller en moi des sentiments que je croyais endormis depuis la nuit des temps.

— Alors, tu me l'ouvres mon Kinder ?

Lorsqu'on quitte le musée de l'Homme, en descendant l'escalier principal, on ne peut pas échapper à la fresque composée de milliers de photos noir et blanc qui tapissent tout un mur sur plusieurs dizaines de mètres. Ces visages inconnus semblent vous dire « salut » ou « au revoir » selon qu'on arrive ou qu'on s'en va. Cette multitude de faciès noirs, jaunes ou blancs compose une mosaïque qui prend des airs de portrait de famille. « Tous parents, tous différents », affirme un panneau pas loin. À chaque fois qu'on passe devant, la grande me demande :

— Mais c'est qui ces gens ?

Et je réponds invariablement :

— Je sais pas, chérie, des gens.

Pour une fois, j'ai pas répondu. Je me suis creusé la cervelle et j'ai eu l'idée sur le chemin du retour à la maison. Un soir de la semaine suivante, je me suis pointé au musée de l'Homme, quelques minutes avant la fermeture. J'ai pris un billet, j'ai gravi le grand escalier et je me suis approché de la fresque « Tous parents, tous différents ». M'avisant que les gardiens ne gardaient plus rien à cette heure-ci, j'ai collé en douce mon photomaton sur la fresque. J'ai trouvé une place libre à côté d'un Esquimau placide, d'une Burkinabé tout sourire et d'un bébé en larmes.

Le samedi suivant, le temps était dégueulasse. On est retournés au musée de l'Homme avec les filles. Pour une fois j'étais impatient d'y aller. Sur le frontispice, la phrase de Paul Valéry gravée dans le marbre nous attendait comme toujours, hommage immuable au travail des anthropologues du musée de l'Homme, mais peut-être aussi pour rappeler que « plus beau que l'homme, tu meurs » :

CHOSES-RARES-OU-CHOSES-BELLES ICI-
SAVAMMENT-ASSEMBLÉES INSTRUISENT-
L'ŒIL-À-REGARDER-COMME-JAMAIS-
ENCORE-VUES TOUTES-CHOSES-QUI-
SONT-AU-MONDE

On a rendu visite aux bipèdes et à la cousine Lucy pour finir comme d'hab' la visite devant la fresque.

— C'est qui ces gens sur les photos, papa ? m'a demandé la grande rituellement.

— Des amis de papa, j'ai répondu fièrement.

— Meeuh, je te crois pas ! T'es pas un homme du musée de l'Homme.

— Si, regarde, je suis même en photo.

Elle a vu la photo. Elle n'a rien dit, pétrifiée d'admiration tandis que sa sœur se coiffait avec une sucette poisseuse au Coca.

— Maman va être jalouse !

— On lui dira pas.

En bas de l'escalier, en partant, je me suis retourné une dernière fois. Je ne voyais plus ma photo au milieu des milliers d'autres. Je savais pourtant qu'elle était à sa place.

Je remercie Gilles Bouley-Franchitti qui est à ce livre ce que l'obstétricien de ma femme est à mes enfants, en moins cher.

DU MÊME AUTEUR

Aux Éditions Michalon

LE MUSÉE DE L'HOMME, 2005 (Folio n° 4505 ; édition revue et augmentée)

LE MUR DES LAMENTATIONS, 2006

Coposition Nord Compo
Impression Novoprint
à Barcelone, le 6 juillet 2007
Dépôt légal: juillet 2007
1er dépôt légal dans la collection: mars 2007
ISBN 978-2-07-034176-4. / Imprimé en Espagne.

154454